本好きの下剋上

司書になるためには手段を選んでいられません

貴族院外伝　一年生

香月美夜
miya kazuki

TOブックス

貴族院外伝　一年生

イラスト：椎名　優　You Shiina
デザイン：ヴェイア　Veia

登場人物

貴族院外伝あらすじ

貴族院に入学したものの、ローゼマインは講義を最速で合格して図書館に引き籠もる。そればかりか、講義中に引き起こした諸々、王族や上位領地と予想も付かない関係を築いたことなどが原因で領主から帰還命令が出てしまい、長期間にわたって貴族院を離れることに……。果たして、ローゼマインが見ていない貴族院はどのような様子だったのか。

貴族院の領主候補生

ローゼマイン

本編の主人公。エーレンフェストの領主候補生の一年生。外見は7歳くらい。王族や上位領地と関わりを持ち、流行を広げたのに、あっという間に講義を終えて姿を眩ませた激レアな最優秀。

ヴィルフリート

エーレンフェストの領主候補生の一年生。ローゼマインの兄。妹に振り回されている。

ハンネローレ

ダンケルフェルガーの領主候補生の一年生。レスティラウトの妹。兄に振り回されている。間が悪い。

オルトヴィーン

ドレヴァンヒェルの領主候補生の一年生。アドルフィーネの弟。姉に振り回されている。

アナスタージウス……中央の第二王子。六年生。
エグランティーヌ……クラッセンブルクの領主候補生の六年生。
レスティラウト……ダンケルフェルガーの領主候補生の四年生。
アドルフィーネ……ドレヴァンヒェルの領主候補生の五年生。
ディートリンデ……アーレンスバッハの領主候補生の四年生。ゲオルギーネの娘。
コンラーディン……ガウスビュッテルの領主候補生の一年生。
ダーヴィット……リンデンタールの領主候補生の一年生。
リュディガー……フレーベルタークの領主候補生の五年生。

リヒャルダ
筆頭側仕え。保護者三人組の幼少期を知る上級貴族。

リーゼレータ
中級側仕え見習いの四年生。アンゲリカの妹。

ブリュンヒルデ
上級側仕え見習いの三年生。

ハルトムート
上級文官見習いの五年生。オティーリエの息子。

フィリーネ
下級文官見習いの一年生。

アンゲリカ
中級護衛騎士。リーゼレータの姉。

コルネリウス
上級護衛騎士見習いの五年生。カルステッドの息子。

レオノーレ
上級護衛騎士見習いの四年生。

ユーディット
中級護衛騎士見習いの二年生。

オティーリエ……上級側仕え。ハルトムートの母。
ダームエル……下級護衛騎士。お留守番。

ローゼマインの側近

アレクシス……ヴィルフリートの上級護衛騎士見習い。四年生。
イージドール……ヴィルフリートの上級側仕え見習い。三年生。
イグナーツ……ヴィルフリートの上級文官見習い。二年生。
グレゴール……ヴィルフリートの上級護衛騎士見習い。一年生。
トラウゴット……ローゼマインの上級護衛騎士見習い。三年生。リヒャルダの孫。
ローデリヒ……中級文官見習い。一年生。
カティンカ……中級側仕え見習い。一年生。
エリーアス……中級騎士見習い。一年生。

エーレンフェスト寮の学生

オズヴァルト……ヴィルフリートの筆頭側仕え。
ユストクス……フェルディナンドの文官。リヒャルダの息子。
グードルーン……トラウゴットの母。ユストクスの女装時の呼び名。
カシミール……ローデリヒの側仕え。
フレデリカ……ユーディットの側仕え。
イズベルガ……フィリーネの側仕え。

エーレンフェスト寮のその他貴族

ラザンタルク……ダンケルフェルガーの上級騎士見習い。一年生。レスティラウトの側近。

ケントリプス……ダンケルフェルガーの上級文官見習い。二年生。レスティラウトの側近。

クラリッサ……ダンケルフェルガーの上級文官見習い。四年生。

アンゼルム……ベルシュマンの中級文官見習い。一年生。

貴族院の他領の学生

貴族院の教師

ヒルシュール……エーレンフェストの寮監。フェルディナンドの師。

プリムヴェール……クラッセンブルクの寮監。

ルーフェン……ダンケルフェルガーの寮監。

グンドルフ……ドレヴァンヒェルの寮監。

フラウレルム……アーレンスバッハの寮監。

パウリーネ……フレーベルタークの寮監。

ソランジュ……貴族院の図書館司書。

貴族院 その他

シュバルツ……図書館の魔術具。

ヴァイス……図書館の魔術具。

コルドゥラ……ハンネローレの筆頭側仕え。

エーレンフェストの貴族

フェルディナンド……ジルヴェスターの異母弟。ローゼマインの後見人。ディッターの魔王。

ジルヴェスター……アウブ・エーレンフェスト。ヴィルフリートの父でローゼマインの養父。

フロレンツィア……ジルヴェスターの妻でヴィルフリートの母。ローゼマインの養母。

シャルロッテ……ヴィルフリートとローゼマインの妹で一つ下。今年はお留守番。

ボニファティウス……ジルヴェスターの伯父。カルステッドの父。ローゼマインのおじい様。

カルステッド……騎士団長。ローゼマインの貴族としてのお父様。

エルヴィーラ……カルステッドの第一夫人。ローゼマインの貴族としてのお母様。

エックハルト……カルステッドの息子。フェルディナンドの護衛騎士。

ランプレヒト……カルステッドの息子。ヴィルフリートの護衛騎士。

ブリギッテ……ローゼマインの元護衛騎士。イルクナーへ戻った。

ヴェローニカ……ジルヴェスターの母。現在幽閉中。

他領の貴族

ジギスヴァルト……中央の第一王子。

ナーエラッヒェ……ジギスヴァルトの妻。

クレーメンス……フラウレルムの前任者。故人。

ハイスヒッツェ……ダンケルフェルガー騎士団長の甥。

ゲオルギーネ……ジルヴェスターの姉。アーレンスバッハの第一夫人。

神殿の側仕え

フラン……神殿長室担当。

ザーム……神殿長室担当。

モニカ……神殿長室。

ギル……工房担当。

フリッツ……工房担当。

ヴィルマ……孤児院担当。

ニコラ……神殿長室&料理の助手。

ローゼマインの専属

エラ……専属料理人。

フーゴ……専属料理人。

ロジーナ……専属楽師。

ソランジュ視点

プロローグ

「あら、ドレヴァンヒェルの寮も閉鎖したのですか？」

久し振りにドレヴァンヒェルの寮監《りょうかん》であるグンドルフの姿を食堂で見かけ、わたくしは声をかけました。大領地は人数が多いため、小領地より移動に日数がかかるのです。

「今日の午後に閉めました。こうして食堂に人数が増えているのを見ると、ほとんどが閉鎖したようですな」

学生達が全員領地に戻ると同時に、寮へ来ていた下働きや料理人達も戻ります。寮にいるのは転移の間に領地から交代でやってくる騎士だけになるため寮は閉鎖され、寮監が教師用の食堂で食事を摂《と》るようになるのです。食堂に出入りする人数が増えていくことで、寮が閉鎖されていく様子がよくわかります。

「なかなか帰りたがらない学生がいて大変でした。講義が終わると同時に閉められる図書館が羨《うらや》ましいですなぁ」

「講義が終わると同時ではありませんよ。寮が閉鎖されるギリギリに本を返却に来る者もいますし、補講で利用する学生もいないわけではありませんから」

わたくしが管理している図書館が閉鎖されるのは領主会議の後、全ての仕事が終わってからです。去年までは領主会議が終わっても一人でしなければならない仕事がたくさん残っていましたが、今年はシュバルツとヴァイスがいるので何年かぶりに図書館を閉鎖して中央の王宮図書館へ行くことができるかもしれません。

「プリムヴェールの姿は昨夜確認しましたから、あとはダンケルフェルガーが閉鎖されれば終わりでしょうか？」

わたくしが食堂にルーフェンの姿がないことを確認しながらそう言うと、グンドルフがゆっくりと首を横に振りました。

「ノイエハウゼン、ロスレンゲル、クヴァントレープは補講の学生がいるので寮が閉められないそうだ。図書館へ行くかもしれぬ」

「まぁ、教えてくださってありがとう存じます」

政変によって下位領地になったところは教育に手やお金をかける余裕がないようで、年々学生達の成績も下がり、本の盗難や紛失に関わっている学生が増える傾向にあります。わたくし一人ではどうしようもないことも多かったのですが、今年はローゼマイン様のおかげでシュバルツとヴァイスに注意を促《うなが》すだけで何とかなりそうです。

「今年のエーレンフェストは全体的に座学の成績が伸びましたもの。最終試験まで残っていた者もいなかったようですね」

ちょうどローゼマイン様のことを考えていたからでしょう。「エーレンフェスト」という言葉にわたくしは思わず振り返りました。ヒルシュールが文官コースの教師と話をしています。

「今年の貴族院はアンゲリカの卒業だけが心配でしたが、ローゼマイン様のおかげで無事に卒業しました」

補講の学生達がいると、彼等の生活の場として寮を開けておき、料理人や下働きを残しておかなければなりません。領地に負担をかけることになるので、なるべく早く合格させて領地へ帰すために寮監達も手を尽くすことになります。数年前の春、アンゲリカというエーレンフェストの学生が補講を受けることになり、ヒルシュールは非常に苦労したと零《こぼ》していました。

「これでやっと研究に没頭できますね」

「まぁ、嫌だ。ヒルシュールはいつでも没頭しているではありませんか」

クスクスと先生方の間に笑いが起こります。もしかしたらヒルシュールはもう講義を放置してシュバルツとヴァイスの研究にのめり込み、アナスタージウス王子から苦言をもらったことを忘れたのでしょうか。

「それにしても、ヒルシュールは寮を閉めればすぐに研究に取りかかれるのですね。普通の寮監は領主会議が終わるまで忙しいものですよ」

大半の中央貴族は、冬の間それぞれの出身地に戻って領地の情報収集をします。寮監は領主会議に向けて彼等からの情報も得ておく必要があります。貴族院が終わっても、領主会議までは細々とした用事があるのが寮監です。

けれど、日常的に文官棟で生活し、エーレンフェスト寮にはほとんど立ち入らないヒルシュールだけは当てはまりません。

「皆様は大変ですね。頑張ってくださいませ」

「ヒルシュール、他人事《ひとごと》のような顔をしている場合ではなかろう。おそらく次の領主会議はローゼマイン様のことで賑《にぎ》わうぞ」

「それはそうでしょうけれど、わたくしには関係ございませんよ。アウブからは何も言われておりませんもの。わたくしはいつも通りに研究をしながら領主会議が終わるのを待つだけです」

ヒルシュールはそう言うと、食事を終えたようで席を立ちます。早速研究室に戻って研究をするそうです。何度かシュバルツとヴァイスを貸してほしいとヒルシュールに頼まれたことを思い出しました。残念ですが、主《あるじ》であるローゼマイン様がいらっしゃらない時には貸せません。

「ソランジュ、今年の督促《とくそく》は誰が行ったのか尋ねても良いだろうか？　アウブ・オースヴァルトが非常に気にされていたのだが……」

オースヴァルトの寮監の問いかけに何人かがこちらを向きました。フェルディナンド様が送ってくださった督促オルドナンツに怖い思いをした学生達がいる領地の寮監達です。けれど、わたくし達が何を話しているのかわかるのは、資料の返却を怠っていた領地だけです。延滞していた学生がいなかった領地の寮監や寮監ではない普通の教師は何が何だかわからないような顔をしています。

「親切な方が手伝ってくださったのです。おかげさまで今年は資料が全て戻りました。わたくしは感謝しておりますよ」

「とても親切な者の声とは思えなかったが……」

フェルディナンド様が声を吹き込んでいる時にわたくしも聞いていたのです。名を呼ばれた者が震え上がるような声音だったことはわかっています。けれど、正体を教えるつもりはございません。

「来年からは早めに返却するように、先生からも学生達に声をかけてくださいませ」

微笑《ほほえ》んで質問をかわすと、わたくしは食事を終えて図書館へ戻ります。

「おかえり、ソランジュ」

「ごはんはおわり」

図書館で出迎えてくれる存在がこれほど嬉《うれ》しいものだと昔のわたくしは知りませんでした。ローゼマイン様のおかげでシュバルツやヴァイスと再び一緒に働けるようになったのです。今年の貴族院はわたくしにとって非常に特別な思い出がたくさんあります。

「ねぇ、シュバルツ、ヴァイス。一緒に今年の貴族院を振り返ってみましょうか？」

コルネリウス視点

護衛騎士として、兄として

「次はコルネリウスの番ですね」

転移陣に私の荷物を運び込む側仕《そばづか》えや下働きの者達を見ながら母上がそう言った。今日は私が貴族院へ出発する日だ。フェルディナンド様による詰め込み講義が始まったので、ローゼマインは見送りに来られない。私の見送りより自分の貴族院準備を優先するべきだと周囲の皆に言われ、ローゼマインはしょんぼりしながら頷《うなず》いていた。見送りに来ているのは、母上とエックハルト兄上だ。

「エックハルト兄上が見送りに来てくれるとは思いませんでした」

……絶対にフェルディナンド様の護衛を優先すると思っていたので。

言葉にはせず、心の中で付け加える。現に、父上やランプレヒト兄上はそれぞれの主の護衛任務に就いているので、この場には来ていない。

「ローゼマインの代わりに行ってこいとフェルディナンド様から命じられたから来ただけだ」

……命令がなかったら来なかったってことか。うん、実にエックハルト兄上らしいな。

私は納得して頷いたが、命令されたから来ただけと言った割にエックハルト兄上は真面目な顔で口を開いた。

「其方《そなた》はこれからローゼマインの護衛騎士として、何より、兄として貴族院で生活をすることになる。主が生活の中心になる貴族院生活は今までと大きく異なるはずだ」

「とっくに私の生活はローゼマインが中心ですが……」

ローゼマインを守り切れなかったあの日から、護衛騎士として相応《ふさわ》しい成績を取り、どの護衛騎士よりも強くなると決めた時から、私の生活の中心にはローゼマインがいる。エックハルト兄上の言葉に反論したが、兄上は首を横に振った。

「いや、エーレンフェストと貴族院は大きく異なる。貴族院にはダームエルが行けないので、アンゲリカより身分が上でローゼマインの実兄である其方が貴族院における護衛騎士の要となる」

「それはわかっていますが……」

「いや、まだ本当の意味ではわかっていないだろう。相談できる成人側近は筆頭側仕えのリヒャルダだけだ。だが、側仕えは領分が違う。リヒャルダは護衛騎士の視点で助言をしてくれるわけではない。その点を考慮せず鵜呑《うの》みにすれば、護衛騎士としての仕事に不都合が起こることもある」

護衛騎士として相談できる相手がいないことを指摘され、私は一抹《いちまつ》の不安を覚えた。考え込む私を楽しそうに眺めていたエックハルト兄上が、何だか懐かしそうな眼差《まなざ》しになって転移陣へ視線を向ける。

「これは私の経験だが、貴族院では真剣に主に仕えようと思えば思うほど苦労し、手を抜こうと思えば講義を盾にいくらでも手が抜ける。自分が目指す護衛騎士の在り方についてよく考える機会になるだろう。親に頼れぬ貴族院では嫌でも成長するはずだ。励めよ」

そう言いながらエックハルト兄上が拳を握って肘《ひじ》を曲げた。青い目が「絶対に手を抜くな」と脅すように光っている。貴族院はどうやら護衛騎士としての正念場になるようだ。私は拳を握ると、兄上の拳にコツリと当てた。

「ローゼマインの兄として、護衛騎士として恥ずかしくないように行動します」

騎士同士の誓いにエックハルト兄上は満足そうに笑って一歩下がる。代わりに、母上が一歩前に出た。

「二年の眠りから目覚めたばかりのローゼマインは、中身が八歳のままで止まっています。皆が一年遅れて入学するより貴族としての損失は少ないと判断しましたが、わたくしは心配で堪《たま》りません。様々な面で余所《よそ》の領主候補生に劣る可能性は高いでしょう」

入学が一年遅れると、卒業が一年遅れる。卒業が遅れることは成人として認められる時期が遅れるということだ。周囲の視線が一年遅れということで非常に厳しくなって、貴族院の学年と年齢が異なれば結婚相手の選択肢が狭《せば》まる。そのような事情を考えれば、多少成績に難がある状態でも貴族院へ入学した方が良いだろう。

だが、私は母上と違ってローゼマインの成績に不安を感じていない。洗礼式直後にヴィルフリート様の教育に文句をつけたり、自作の教育用品を売り出したり、アンゲリカのためと言いながら騎士の座学の資料を彼女より先に読み込んで内容を覚えたりしていたくらいだ。貴族院一年生の講義など、ローゼマインには大した問題ではないと思う。

「フェルディナンド様の教育も始まったので、座学はおそらく問題ないでしょう。……あの虚弱《きょじゃく》さなので、実技は非常に心配ですが」

洗礼式からたった一年でローゼマインがしてきたことを私が並べていくと、母上は少し考え込んで小さく笑った。

「では、体調的な面を何より重視し、無事に一年生を終わらせることだけを考えて、護衛騎士を務めてちょうだい」

「わかっています。もう危険な目には遭《あ》わせません」

「側近の選択もこれから行われますが、ローゼマインが貴族院へ入る年になってしまっている以上、親の目線では選べません。ライゼガング系の貴族が動き出すはずです。貴族院では派閥の動きにも目を配り、詳細をこちらに知らせてください」

それはまた面倒くさそうだ。ローゼマインの側近を目指していると言っていたハルトムートのことを思い出して、私はすでにげんなりとした気分になってしまった。

「我が家も、ローゼマイン本人も、あの子が次期アウブになることを望んでいません。それをライゼガング系の貴族にもわかってほしいのですけれど……」

「私には荷が重い気がします」

個性の強いライゼガング系の貴族達の面々を思い浮かべて私が顔を引きつらせると、母上が苦笑した。

「あら、貴方《あなた》がローゼマインのために動けば大丈夫ですよ」

「何を根拠におっしゃいますか？」

「わたくしは貴方の母ですよ、コルネリウス。この二年間の努力を見てきました。貴方はローゼマインに相応しい兄になっていますよ」

母上の言葉に後押しされ、嬉しいような、誇らしいような、むず痒《がゆ》いような気持ちで私は胸を張って転移陣に乗り込んだ。

自室に荷物が運び込まれ、部屋が整うまでの間は多目的ホールで過ごすことになっている。下級貴族や中級貴族の一部は自分の手で整える部分もあるようだが、私は全て側仕え任せだ。例年通り多目的ホールへ入った。

「やぁ、コルネリウス。ようやく私が正式にローゼマイン様の側近に任命される時がやってきたな」

ハルトムートが嬉しくて仕方ないと言わんばかりに満面の笑みを浮かべて近付いてきた。恍惚《こうこつ》という方が正しいのだろうか。一言でまとめるならば、ニマニマとした気持ちの悪い笑顔だ。今までのハルトムートの人生で最も浮かれていると言っても過言ではない。私はすぐさま回れ右をして多目的ホールを出たくなったが、尻尾《しっぽ》を巻いて逃げるように思えて何とか踏みとどまった。

……ハルトムートも昔はこのような変人ではなかったのだが……。

何でもそつなくこなし、感情を隠すことに長《た》けた上級貴族らしい上級貴族。それがハルトムートだった。だが、ローゼマインが洗礼式の時に見せた祝福返しに鮮烈な衝撃を受けたらしく、すぐにでも側近になりたいとハルトムートは母親のオティーリエに訴えたそうだ。

……オティーリエが止めてくれて良かった。

ローゼマインの側仕えであるオティーリエが推薦すれば希望が叶《かな》う可能性は高い。だが、息子のあまりの変わりぶりに驚いた彼女は、「少し頭を冷やしなさい」と一年間は待つように言ったそうだ。冷却期間を置くのは本当に重要だったと思う。私はその点でオティーリエに非常に感謝している。だが、冷却期間を置いたところでハルトムートの熱は全く冷めていない。ローゼマインがユレーヴェに浸《つ》かって更に二年待たなければならなくなったせいで、以前より過熱したようにも見える。

「……ハルトムート、其方は何故《なぜ》そこまで側近になれるという自信が持てるのだ？　オティーリエが推薦したとしても、私は其方を推薦しないぞ」

鬱陶《うっとう》しくて面倒くさい雰囲気が漂っているので、兄としてはできればハルトムートをローゼマインに近付けたくない。じとりと睨《にら》んでもハルトムートは私の視線を受け流し、自信たっぷりに胸を張った。

「コルネリウスが何を言ったところで、私はローゼマイン様の側近に選ばれるさ。私はヴィルフリート様やシャルロッテ様からも側近の打診をされるほど成績優秀な上級文官で、母上がローゼマイン様の側仕えだ。他のめぼしい貴族がヴィルフリート様やシャルロッテ様の側近になっている以上、文官見習いの第一候補は私に決まっている」

自信満々で腹立たしいことこの上ないが、ハルトムートの言葉は正しい。同年代の貴族にはヴィルフリート様やシャルロッテ様の側近に選ばれている者が多いため、ローゼマインの側近候補は多くない。その中から選ぶのだから、オティーリエの息子というだけでハルトムートが選ばれるのは間違いないだろう。しかも、成績優秀で外面……いや、人当たりは良い。ハルトムートの本性を知っている者はごくわずかだ。

「其方が同僚になるのか……。嫌だな」

「エーレンフェストの聖女として、どのように他領へ素晴らしさを伝えるのが良いだろうか。今までは聞き流されてきたが、本人がいれば信憑性《しんぴょうせい》も大きく変わってくるだろう。今から楽しみでならない」

「止《や》めてくれ！」

最悪だ。ローゼマインが眠っている間、ハルトムートは貴族院でエーレンフェストの聖女について語りまくっていた。そのせいで私は聖女の実兄として他領の者達から噂《うわさ》され、からかわれることになったのだ。あれが更にひどくなって今後も続くというのか。

「病み上がりのローゼマインに余計な負担をかけるような真似が、側近に相応しいと本気で考えているのか？　無事に一年生を終わらせることがローゼマインにとって何より大事なのだ。私は護衛騎士として絶対に阻止するからな」

「……余計な負担になるかどうか、ご様子を見ながら行動するよ」

止めるとは言わなかったが、ハルトムートは少し考えるようにして多目的ホールから出て行った。その後もハルトムートの行動を見張っていたけれど、ハルトムートは側近入りを前にして浮かれているだけではなかった。「ローゼマイン様の側近として相応しい成績を取らねば」と自主学習に勤《いそ》しんでいる。私もローゼマインが到着するまでの数日間に少し復習しておく必要があるだろう。予習ではなく復習になるのは、騎士コースの座学を「アンゲリカの成績を上げ隊」の活動の中でダームエルから学んでいるからだ。多分、最終学年である六年生の座学でも好成績を収められると思う。

……アンゲリカは大丈夫だろうか。

毎日のように騎士仲間と一緒に文官見習いや側仕え見習い達を連れて、調合の講義に使うための素材採集に勤しんでいる彼女の姿が一瞬頭を過《よぎ》った。だが、今年は主であるローゼマインが一緒だ。私が頑張らなくても、ローゼマインが「勉強しなさい」とアンゲリカに命じるのが手っ取り早い。

私はアンゲリカについて考えるのを止めた。

一年生の移動日になった。緊張した顔で寮内を見回している初々《ういうい》しい彼等を多目的ホールへ誘導して歓迎するのは上級生の役目だ。今年はローゼマインとヴィルフリート様がいらっしゃるので、例年より側仕え見習い達が張り切っているのがわかる。

……ブリュンヒルデはローゼマインの側近狙いだろうな。

彼女はギーベ・グレッシェルの跡取り娘として教育されていると聞いている。側近になって領主一族との繋《つな》がりを作りつつ、土地の運営を共にできる婿《むこ》を得るつもりだろう。ライゼガング系の貴族として父親や親族からも色々と言われている可能性は高い。

多目的ホールの様子を見ていると、一年生の上級貴族が入ってきた。それを見て、私はアンゲリカと共に転移の間へ向かう。次はローゼマインの番だ。

「貴族院へようこそ、ローゼマイン様」

ローゼマインを伴って多目的ホールへ入ると、入れ替わるようにヴィルフリート様の側近が出迎えのためにホールを出て行った。私達護衛騎士がローゼマインのために準備されている席へ誘《いざな》うと、ローゼマインの側近に興味のある者が少しでも自分を印象づけようと近付いてくる。彼女等が近付きすぎないように私は警戒しながら様子を窺《うかが》っていた。しかし、その中にあれだけ側近を熱望していたハルトムートの姿がない。

……ハルトムートは一体何をしているのだ？

少し不審《ふしん》に思って見回すと、ハルトムートは少し離れたところから余裕に満ちた表情でこちらを眺めていた。私はその態度に微妙な苛立《いらだ》ちを感じたが、それはほんの少しの間だけだった。なんとローゼマインは多目的ホールの隅の方に固まっている旧ヴェローニカ派の貴族に興味を示したのだ。派閥についてはっきりと説明したけれど、言葉の端々《はしばし》に納得できていない感情が見てとれる。私は頭を抱えたくなった。

……勘弁《かんべん》してくれ。旧ヴェローニカ派の貴族を側近に取り立てるくらいならば、ハルトムートの方がまだマシだ。

ローゼマインは自分が二年間も眠ることになったのが、旧ヴェローニカ派の貴族のせいだと理解していないのだろうか。いや、そんなはずはない。フェルディナンド様から言い聞かされているはずだ。それでも旧ヴェローニカ派を側近に取り立てたいと考えているのだろうか。何を考えているのかわからない。異性であるため、ローゼマインの自室へ同行できない状況に歯噛《はが》みしながら、私はローゼマインを見送った。

……リヒャルダが上手く言いくるめてくれるだろうが、心配だ。

リヒャルダが側近候補を知らせてきたのは、私が自室でエックハルト兄上の資料とダームエルの計画表を見ながらアンゲリカの勉強について考えている時だった。

「側近候補が選出されました。男性の側近候補にはコルネリウスから打診してくださいませ」

「私が知らせるのかい？」

「えぇ。本来ならば文官の役目ですが、姫様にはまだ文官見習いの側近がいませんから。できれば女性の候補者にはアンゲリカから知らせてもらいたいものですが、彼女に伝達を任せるのは怖いでしょう？　仕方ないので、わたくしが動いているのです」

領主一族の側近の打診をアンゲリカに任せるのが怖いというリヒャルダの気持ちはよくわかる。どこでどんな行き違いが起こるかわからない。

「打診する側近候補ですが、護衛騎士見習いにレオノーレ、トラウゴット、ユーディット。側仕え見習いにリーゼレータとブリュンヒルデ。文官見習いがハルトムートとフィリーネとなっています」

「……やはりハルトムートは側近に入ったのか……」

「オティーリエの息子で優秀ですし、姫様はフィリーネをどうしても側近にしたかったようですから、彼女の面倒を見られる上級文官が必要でしょう？」

リヒャルダがフィリーネを側近に任命することに難色を示したことが伝わってくる。魔力の少ない下級貴族を好んで側近に取り立てる領主一族はいない。ダームエルを解任する気がないことも珍しがられているくらいだ。

「下級貴族では周囲からの嫉妬《しっと》がひどく、荷が重いと思うのです。罰として神殿通いをするように命じられ、そこでの仕事ぶりを認められたダームエルと違い、フィリーネに耐えられるでしょうか？　姫様が一人の貴族の一生を台無しにするのではないか、わたくしはそれが一番心配です」

「フィリーネが大変なことは否定しないが、側近になってもならなくてもフィリーネはローゼマインに忠誠を誓っている。耐えてくれるだろうと私は信じているよ」

二年の間に書き溜《た》めたお話を見てローゼマインが褒《ほ》めたことに感極まったフィリーネ。彼女が皆のいる子供部屋で忠誠を誓った姿は記憶に新しい。

「予想していたよりライゼガング系の貴族に偏《かたよ》らなかったようだな。側近希望者の大半がライゼガング系の貴族だっただろう？」

「できるだけ中立派の貴族を入れてほしいとエルヴィーラ様からのご要望がございましたからね。本人の希望もあったのでトラウゴットも推薦しました」

……トラウゴットか。幼い頃から私は仲が良くはなかったからな。上手くやっていけるか？

トラウゴットはボニファティウスおじい様の孫だ。年が近いせいか、何かと突っかかってこられていた。あの調子で護衛騎士としての仕事をされると、少々厄介《やっかい》だと思う。さすがに仕事にそのような感情を持ち込まないだろうが。

「ヴィルフリート様の護衛騎士にはならなかったのだな。グードルーン様は結婚前にゲオルギーネ様にお仕えしていたと聞いている。旧ヴェローニカ派に近いし、子供部屋ではヴィルフリート様と仲良くしていたので、そちらの護衛騎士になると思っていたが……」

トラウゴットの母親グードルーンはリヒャルダの娘だ。ライゼガング系の貴族ではなく領主一族の傍系《ぼうけい》で、中立派とはいっても旧ヴェローニカ派に近いと思う。

「それを言うならば、わたくしはヴェローニカ様にもゲオルギーネ様にもカルステッド様にもお仕えしたことがありますよ」

「え？　父上にも？」

「えぇ。けれど、わたくし達はどこかの派閥に所属しているという意識はございません。わたくしの家系は領主一族の傍系で、エーレンフェストに忠誠を誓っていますからね。アウブの命令によって主を替える上級貴族の中立派なのです」

リヒャルダがローゼマインに仕えているのも領主の命令だからだそうだ。個人に忠誠を誓う側近ではなく、真の主はアウブだと考えるのが妥当《だとう》だろうか。

「仕えることが決まれば、トラウゴットも誠心誠意仕えるはずですよ。わたくし達は領主一族の傍系として、エーレンフェストを支える。そういう教育を受けてきました。当然トラウゴットも両親から受けているでしょうからね」

ローゼマインの側近候補が選ばれた経緯を一通り説明すると、リヒャルダは部屋を出て行った。これからハルトムートとトラウゴットに知らせなければならない。私はオルドナンツで二人を自室に呼んだ。

「ハルトムート、トラウゴット。ローゼマイン様より側近の打診がありました。我が主は神殿育ちの上、二年間にわたる長い静養で普通の領主一族として不足する部分がたくさんあると思います。それを踏まえた上で、お仕えできますか？」

ハルトムートは喜びが抑えきれない顔で、トラウゴットは真面目な顔で「誠心誠意お仕えいたします」と答えた。

護衛騎士としての生活は順調に進み出したように見えた。送り迎えの割り当てなどを考える時、ったからだ。

今まで意見を述べてくれていたダームエルはいないが、レオノーレが一緒に考えてくれるようにな

「ヴィルフリート様に比べると、ローゼマイン様の護衛騎士見習いは少ない。皆が講義を終えるまでは護衛の交代が大変そうだな」

私一人で何とかしなければならないと思っていたら、レオノーレが小さく笑った。

「何とかなると思いますよ。わたくし、座学の大半は初日に合格できると思いますから」

「それは助かるな。私もアンゲリカに勉強を教えていた関係で、座学は初日に合格できる自信がある」

二人で動けるようになると、かなり負担が減る。トラウゴットも上級貴族なので、ある程度の成績を収めるためにも多少の予習はできているだろう。すぐに護衛騎士の任務に就けるようになるはずだ。

「問題はユーディットか……」

「打診が急でしたからね。わたくしとしては護衛任務に就けるより、今後のためにもユーディットにはできるだけ高得点を取ってもらった方が良いと思います。基本的には寮内やローゼマイン様のお部屋での護衛任務を担当してもらいましょう」

アンゲリカにはとても頼れないし、女性でなければローゼマインの部屋に入れない今、レオノーレの存在は非常に心強いものだ。私はレオノーレを護衛騎士として推薦したアンゲリカを褒めた。

そんな話し合いを経て、人数が少なくても何とかなるだろうと考えていたら、ヴィルフリート様の余計な一言でローゼマインの何かが壊れた。図書館へ向かって全力疾走を始めたのである。一年

生に座学で初日合格をするように強要した時には、妹が暴走した罪滅ぼしとして、不利な立場になるフィリーネをできるだけ守っていかなければと思わされた。護衛騎士をまとめるよりローゼマインを止める方がよほど大変だ。

ローゼマインはそんな周囲に気付いていないように自分の講義を全て初日に終わらせようとした。意地を張っているようにも見えるし、のんびりしていると図書館を取り上げられると考えているような妙な焦《あせ》りを抱えているようにも見える。騎獣の講義でフラウレルム先生の不興《ふきょう》を買ったり、奉《ほう》納舞《のうまい》の講義でアナスタージウス王子と関わったり、ひどく危なっかしい。けれど、成績は危なっかしさが全くないようで、ローゼマインは次々と講義を終えていく。

「は⁉　一人で図書館へ行きたい⁉　馬鹿なことを言うのではないよ！」

やっと図書館へ行けるようになり、ソランジュ先生との行き違いを反省したローゼマインが、今度は「一人で図書館へ行く」と言い出した。護衛騎士ではなく、兄としての口調になってしまうが、寮内なのでそれを注意する者はいない。

「だって、皆はまだ講義を終えていないのに一緒に行ってもらうのは悪いではありませんか」

「悪いと思ったら、図書館へ行くのを止めれば良いだろう？」

「それはできません。わたくし、図書館へ行くために貴族院へ来たのですもの。講義を終えたら図書館へ行っても良いとフェルディナンド様からお許しももらっています」

図書館に関しては絶対に譲らない妹だ。知っている。洗礼式の前もそうだった。教育が順調に進んでいるご褒美《ほうび》に我が家の図書室へ行くことを提案したら、興奮のあまり図書室に到着する前に意識を失ったのである。翌日は熱が下がっていないのに寝台から這《は》い出して図書室へ行こうとしていたくらいだ。ヴィルフリート様の出した課題を終えて、フェルディナンド様の許しがあるのに止まるわけがない。

「ローゼマインは側近達に悪いと言うけれど、領主一族が側近を同行させるのは当然だ。むしろ、側近に変な遠慮をして一人で行動する方がよほど悪い。二年前に襲われたのにまだわかっていないのかい？」

「でも、皆には講義が……」

「そのために何人も側近がいるし、私達は講義に出る順番を其方の図書館通いに合わせて考えているのだ。側近を大事にする気があるならば、ローゼマインは一人で行動しようなどと考えないでくれ。また何かあったら、と思うと心配でならない」

ローゼマインはしゅんと萎《しお》れて「ごめんなさい、コルネリウス兄様」と聞き分けてくれた。護衛騎士として丁寧に説明するより、少々乱暴な言葉遣いになったとしても実兄の立場で叱《しか》りつける方が、ローゼマインには受け入れられやすいようだ。それに気付いてから、私は寮内ではなるべく兄として接することに決めている。

ローゼマインが側近に無駄な遠慮をしなくなったことにはホッとしたが、図書館のお茶会、音楽の先生方とのお茶会、王族からの呼び出しなど、次々と状況が変わる。毎日毎日、目の前のことに対応するだけで手一杯だ。

エックハルト兄上に言われた「護衛騎士として真剣に主に仕えようと思えば、親に頼れぬ貴族院では嫌でも成長する」という言葉が身に染《し》みる。ローゼマインが眠っていた間も、私は主に相応しくなれるように真剣だったつもりだった。今度こそローゼマインを守れるように、危険に晒《さら》さぬように、主が誇れる側近となれるように成績も上げて努力してきたはずだ。だが、ローゼマインの要求はそんなものを簡単に飛び越えていく。

目の回るような毎日の中で、私はライゼガング系の貴族とヴィルフリート様の仲立ちもしなければならない。ランプレヒト兄上からも頼まれている。白の塔の一件以来、ヴィルフリート様御自身はアウブやフロレンツィア様の派閥にいるつもりだが、領内の貴族達はそのように見ていないから、と。

……自分の主だけで手一杯なのに他の領主候補生の面倒まで見ていられるか！

できるならば叫びたい気分だ。しかし、父上や母上からも「ローゼマインが次期アウブになることを望んでいるわけではないから、できるだけヴィルフリート様を立てるように」と言われている。でも、正直なことを言えば、ローゼマインがあれだけ優秀なところを見せているのだから、周囲から次期アウブとして担ぎ上げられるのは時間の問題ではないだろうか。押さえつける余裕がないけれど、ハルトムートは何やらこそこそと動き回っている。

……ん？　今、大変なことに気付いたぞ。

今年のローゼマインは病み上がりなのだ。図書館を目的に暴走して寮内を引っかき回し、領主候補生の義務としてエーレンフェストの学生達を牽引《けんいん》しているが、本調子ではないのである。

……病み上がりで碌《ろく》に体が動かない状態でこれだぞ？　来年は一体どうなる？

頭が痛い。だが、来年のことを今から考えても意味がないし、そのような余裕はない。私は明日の護衛騎士を誰に頼むのか考えながら、うきうきの笑顔で図書館へ行こうとする妹の護衛任務に就いた。

ローデリヒ視点
貴族院のとある一日

「では、皆様。いってらっしゃいませ」

いつもローゼマイン様は講義へ向かう者達に声をかけて見送っている。玄関から出て行く上級生に私とフィリーネが交じっているのを発見すると、親しそうな微笑みを浮かべた。

「フィリーネとローデリヒは地理の日ですね。先生方のお話をよく聞いてきてください」

私とフィリーネは地理と歴史に辛《かろ》うじて合格できたものの、先生方に合格にしてほしいと泣きついた結果だ。そのため、一年生の中で二人だけ地理と歴史の座学を受けに行っている。


座学の講義は最初に試験を受けた時に比べると、人数が半分ほどになっている。他領の領主候補生や上級貴族が次々と合格していなくなるからだ。下級貴族と中級貴族が半分くらいになっていて、講堂は何となく疎《まば》らな印象になっている。

講堂に入った私は「……あれ？」と目を瞬《またた》いた。今日は何だか前の方に学生が集められているせいか、たくさんの者がいるように思えた。

……もしかしたら科目を間違っただろうか？

一瞬不安になった私の隣で、フィリーネも不安そうに「何があったのでしょう？」と辺りを見回す。その呟《つぶや》きが聞こえたのか、隣を歩いていた水色のマントの女子生徒が足を止めて振り返った。

「領主候補生や上級貴族の多くが合格していなくなったので、席の整理が行われたのでしょう。わたくしはお姉様から近々このような変化があると聞きました」

他の領地の者達が慌てていないのは、上級生から話を聞いていたからだろう。エーレンフェストでは学年ごと、コースごとにまとまって勉強している。それに、一年生全員が一発合格したため、途中でこのような変化があることを上級生がわざわざ話さなかったに違いない。

「教えてくださってありがとう存じます。少し戸惑ってしまいましたから……」

お礼を言うと、私とフィリーネは自分の席を探し始めた。椅子には領地の番号があるのだ。

「十三番はここだな」

一列の中に十二と十四の番号に挟まれて、十三の番号が付いた席が二つ準備されていた。今までは領地ごとに列が変わっていたのでエーレンフェスト八人分の席に二人でポツンと座っていたが、空白がないように詰められている。

「うぅ、隣に他領の方がいらっしゃるのは緊張しますね」

フィリーネは自分の荷物を胸の前で抱きしめるようにして不安そうに小声でそう言った。私は十二番側の席に荷物を置いて首を竦《すく》める。

「同じ領地の上級生と並ぶほどではないよ」

私は二年前の狩猟《しゅりょう》大会で父上に指示された通りにヴィルフリート様と遊んでいた結果、ヴィルフリート様を罪に誘導することになった。あれ以来、私や一緒に遊んでいた者は「旧ヴェローニカ派が次期アウブとして戴《いただ》いていたヴィルフリート様を陥《おとしい》れた」と領主一族の周囲だけではなく、自派閥内でも疎外《そがい》されて冷たい目で見られている。

座学一発合格というローゼマイン様の厳しい課題には恐怖に震えたが、共に戦った一年生とは連帯感が生まれ、私を疎外することなく接してくれる。それに、他領の学生は私が領地でどのように扱われているのか知らない。だから、講義中は寮にいるよりずっと気が楽なのだ。

「……あの、ローデリヒ様はまるでローゼマイン様と行動を共にする側近のように図書館へ日参していますよね？……その、もしかしたら、のお話なのですけれど、去年の子供部屋のように寮の居心地が良くないのでしょうか？　わたくし、ローゼマイン様にそれとなく相談いたしましょうか？」

十四番側の席に着きながらフィリーネが小声でこっそりと尋ねてくる。肯定すれば旧ヴェローニカ派にどんな情報が流れるかわからないし、否定すれば今の状況は変わらない。どちらとも答えられるわけがない。私は少し考えて「いや、必要ない」と首を横に振った。

「私はなるべく離れた位置にあるキャレルを使うので、図書館へ向かうことを止めないでくれれば、それだけで良い。私は今ローゼマイン様のためにお話を書いているから……」

それだけでフィリーネは状況を察したらしい。「きっとローゼマイン様は喜んでくださると思います」と呟いた。俯《うつむ》きがちの横顔が後ろめたそうに見えるのは、きっと子供部屋で同じようにお話を集めたり書いたりしていたのに、フィリーネだけが側近に選ばれたからだろう。

「……一つ質問があるのですけれど、ローゼマイン様が奉納式で帰還された後、ローデリヒ様はどうされるのでしょう？」

心臓を鷲掴《わしづか》みにされたような恐怖が背筋を伝う。ローゼマイン様と同じように図書館へ行けば何者にも脅《おびや》かされずに安心していられた。だから、考えていなかった。奉納式でローゼマイン様が帰還された時のことを。

「さぁ？　どうしようかな？」

「実は、わたくしも今探しています。ローゼマイン様のお側にいる限りは安全ですけれど、妬《ねた》みや僻《ひが》みを最も受ける立場ですから」

その言葉にギクリとした。私も「下級貴族のくせに」と思ったことがある。口には出さなくても、フィリーネはそれを感じ取っているのだろう。人の悪意は腹立たしくなるほどによく届くものだ。それでもローゼマイン様の側近になったフィリーネへの妬みは消えない。

「心配しなくても私と違ってフィリーネのことはハルトムート様達が守ってくれるだろう」

言葉に不要な棘《とげ》が籠《こ》もったことに自分で気付いて、私は唇を引き結ぶ。その時、フィリーネの隣の席に手が伸びてきた。濃い紫のマントが揺れている。

「失礼します。ベルシュマンのアンゼルムです。よろしくお願いします」

「エーレンフェストのフィリーネです。こちらこそよろしくお願いいたします」

挨拶をしてフィリーネの隣の席に座ったのは、十四位のベルシュマンの男子学生だ。私が実技の講義でも見たことがある顔なので、中級貴族だろう。下級貴族のフィリーネが無理を言われないように、私も声をかける。

「エーレンフェストのローデリヒです。よろしくお願いします」

アンゼルムの隣、そのまた隣の学生もこちらが気になるのか、ちらちらと視線を向けてくる。アンゼルムが軽く突《つつ》かれているのを見れば、何か質問があるのか、情報を得てこいと言われているのかどちらかだろう。

順位が上の領地に対しては決して失礼のないように、と上級生から口を酸《す》っぱくして言われるのだ。慣れている上級生ならばともかく、社交も始まっていない一年生にとっては緊張する場面だ。私もこういう場面では失敗しても切り捨てやすいという意味で前に押し出される立場なので、何となくアンゼルムに同情して話ができるように切り出してやる。

「アンゼルム様とは実技でご一緒しているので、あまり初対面という気がしませんね」

促されたアンゼルムと、どう対応すれば良いのか狼狽《うろた》えていたフィリーネが揃《そろ》ってホッとしたように表情を緩めた。

「そうですね。その、少し質問があるのですが、構いませんか？　皆が最初の試験で座学を終えたエーレンフェストの一年生は、普段の講義の時間には何をしているのですか？」

「何を……？」

質問の意図がわからなくてフィリーネと顔を見合わせると、アンゼルムが急いで付け加える。

「他領はまだ講義を終えていないので、交流を持つことは難しいでしょう？　それに、一年生なので調合や訓練などもできません。エーレンフェストの一年生が自由時間をどのように過ごしているのか、予想できなくて気になっているのです。自由時間が増えると楽しいですか？」

そう言われると、確かに寮内でできることは少ないように思える。だが、ここで何と答えれば良いのだろうか。成績向上委員会の詳しい活動については、他領へ知らせないように言われている。

「……寮で行うのは、勉強、でしょうか。わたくし達は講義がなくてもローゼマイン様が出される課題をこなしています。社交をしようにも他領は講義中なので、よほどの理由がない限りは寮で待機と言われていますから」

フィリーネが私の様子を見ながらそう答えた。それで間違いないだろう。私も頷く。

「エーレンフェストには一年生の領主候補生が二人もいるのに、上級生の側近はまだ講義を終えていません。そのため、私達は領主候補生のお供以外で講義の時間帯に寮から出ないように、と言われています」

今はローゼマイン様が図書館へ日参されていて、私も図書館へ行っているけれど、ヴィルフリート様の側近はまだ講義を終えていなくて自由に寮から出られないので嘘《うそ》ではない。来年に向けて普段は寮の多目的ホールで二年生の参考書を読み込み、新しい参考書作りをしていたけれど、それは秘匿《ひとく》するように言われている。

「あぁ、それは……何というか、初日に合格してもあまり楽しくはなさそうですね」

「実は、ベルシュマンではエーレンフェストに負けぬように全員が成績を上げろと言われるようになったのです。エーレンフェストの一年生がどのように過ごしているのか知れば、少しはやる気になれるかと思ったのですが、我々にはあまり利がないように思えます」

「領主候補生の命令は皆を巻き込むので、下に付く者は大変ですね」

一年生全員の一発合格を命じられた時は心臓が縮み上がったが、ローゼマイン様はそれだけの資料や勉強方法を準備してくれている。領主一族の専属楽師からフェシュピールの練習を見てもらえることがどれだけ自分の糧《かて》になっているか考えれば、とても彼等に同意はできない。

「ローゼマイン様は……」

ベルシュマンの一年生が口々に言い合っているのを見て、フィリーネが少しだけムッとしたような顔になった。主を悪く言われることが許せないのはわかるけれど、相手は中級貴族だ。下級貴族のフィリーネは余計なことを言わない方が良い。私はフィリーネの腕を軽く叩《たた》いて止めさせる。

「下に付く者はもちろん大変ですが、勉強といっても紋章付きの課題なので全く利がないわけではありません。なぁ、フィリーネ?」

「え? えぇ。そうです。城の図書室にない本を写本すればローゼマイン様が買い取ってくださいます。他領の方でもエーレンフェストの紋章付きの課題に興味のある方は声をかけてくださいませ」

貴族院における紋章付きの課題とは、学生がお金を稼ぐために行う個人的な課題のことだ。課題を受ける時、間違いなく支払いを受けられるように課題と個人名と紋章のある発注書をもらうことからそう呼ばれている。支払いがなければ領地対抗戦でアウブに訴えることができるのだ。

今、講堂に残っている学生は、領主候補生や上級貴族と違って勉強のためにお金をあまり使えない貴族が多い。紋章付きの課題には敏感《びんかん》な者達だ。特に一年生は調合もできないので回復薬を作って騎士見習い達に売ることもできないし、危険なので採集に行って素材を文官見習い達に売ることもできない。書くだけでお金を稼げる仕事はとてもありがたいのだ。

「……いくつか講義を終えて自由時間を得たら、お話を聞かせてください」

ベルシュマンの学生達が紋章付きの課題に興味を持ったところで地理の講義が始まった。

地理と歴史の講義はローゼマイン様が準備してくださった試験用の問題集や参考書と合わせながら先生の話を聞くと、とてもわかりやすい。自分で講義内容をまとめるより綺麗《きれい》にまとまっていて重要な箇所が一目でわかるようになっている。

……ローゼマイン様の作った物が一番高価に売れる参考書だと思うな。

ローゼマイン様の文章は私のお手本だ。一年目の子供部屋では必死にお話をしてトランプを借りた。二年目の子供部屋では自分の話した物語が載せられた本を借りて、全て木札に写した。とても買ってもらえるような本ではないから必死に写して、全て暗記したのである。

それでも、話し言葉と書き言葉が違うことを、私が理解したのは最近のことだ。自分でお話を書こうとして、ローゼマイン様の文章のような読みやすさがないことに気付いた。直していこうと思うけれど、自分ではどこがどう違うのか、どう直せばいいのか、よくわからない。

……こういう時にローゼマイン様と同派閥であれば、質問に行けるのだが。

質問すればローゼマイン様は快《こころよ》く答えてくれるだろうと予想できるけれど、周囲の側近達やヴィルフリート様は私が近付くととても厳しい目になる。とても近付けない。

四の鐘で座学は終わり、昼食のために寮へ戻る。午後からは魔力を扱う実技だ。中級貴族は六位までと七位以下の領地で二つの教室に分かれている。大領地は人数が多いため、このような分かれ方になるのだが、そのせいで上位領地の中級貴族と講義で繋がりを持つことは難しい。

「今日こそは魔石から上手く魔力を抜けるようになりたいものです」

「まだ魔力を放出する方は何とかなるが、一度魔石に込めた魔力をもう一度取り出すのが難しいな」

カティンカ様がそう言えば、エリーアス様が同意して頷いた。二人はエーレンフェストで中立の立場を取っている派閥の中級貴族だ。以前はヴェローニカ様に忠実に従っているように見えたけれど、ローゼマイン様の洗礼式の後はライゼガング系の貴族と仲良くし、ローゼマイン様が長い眠りにつくと、少しライゼガングから距離を置いていた。父親が派閥の上層部の機嫌を取るために危険な橋を渡るような真似をして巻き込まれる私から見れば、中立の中級貴族としては完璧な振る舞いができていると言える。

二人が本日の目標を話し合いながら歩いている二歩くらい後ろを私は歩き、「今日こそは魔力を込められるようになりたい」と自分の目標を定めた。私はどちらかというと、下級貴族に近い中級貴族だ。二人に比べると、魔力量が少ないので魔石に魔力を込めることにも苦労している。

先生が持ってくる魔石は屑《くず》魔石だが、領主候補生や上級貴族も使っている教材を再利用するので、魔力を抜いたとはいっても微《かす》かに残滓《ざんし》が存在している。その微量な魔力を完全に自分の魔力で埋め尽くさなければならないのだが、相手は領主候補生や上級貴族の魔力だ。私の魔力でねじ伏せるのは非常に難しい。

……自分の意思で魔力を動かすことにも苦労するくらいだからな。

貴族が生まれてすぐの頃につけられる魔術具は、勝手に余分な魔力を吸い取ってくれる。だから、自分で魔力を動かす必要がない。魔力が動く感覚や魔術具に向かって流れていく感覚はわかるので、同じように自分で動かさなければならないことはわかる。けれど、できるかどうかは別問題だ。領主候補生や上級貴族の教室では皆が一度でできるようなことだと聞いたけれど、とてもそんな簡単なことだとは思えない。

「うぐぐぐぐ……」

今日も私は小さな魔石を握って魔力を込めていく。これでもシュタープを得てから少しは魔力を流しやすくなったのだけれど、上手く魔石に入っていかない。

「わっ⁉」

パン！　と弾《はじ》かれたような感覚がして、握り拳の中で自分の魔力が散った。失敗したせいで、どっと疲労感が押し寄せてくる。

「もしかしたら、その魔石は以前にとても魔力の強い学生が使っていたのかもしれません。ヒルシュール先生に頼んで魔石を交換してみたらどうです？」

「……交換ですか？」

エリーアス様の声を聞いて私は透明の魔石に視線を落とした。

「私の体感ですが、石によって魔力の入れやすさが違いますから」

今まで同じ実技を三回しているけれど、私は一度も成功したことがないので魔力の入れやすさがわからない。魔石の問題ではなく、自分の技術の問題のような気がする。それでも、せっかくの助言だ。無用にはねのけるようなことはせず、私はヒルシュール先生のところへ向かった。

「ヒルシュール先生、魔石を交換しても良いですか？」

「……本当はこのくらいの大きさの魔石ならば、どれでも魔力を込められなければならないのですけれど、今は試験ではなく練習ですから構いませんよ。ようやく魔力の込めやすさに違いがあることを実感したのでしょう？」

ヒルシュール先生は魔石が入った箱を私の前に押し出す。私は助言を受けただけで、実感したわけではない。少し後ろめたい気持ちになったけれど、魔石に差があることは間違いないようだ。

……でも、どの魔石が込めやすいかなんて見てもわからないな。

どれもこれも同じ透明の魔石だ。ヒルシュール先生にお礼を言って適当に魔石を交換すると、私は自席に戻った。

「うぐぐぐぐ……ん？」

さっきの魔石よりよほど魔力を入れやすい。じわじわだけれど、確実に魔石に入っていくのがわかる。この魔石にも抵抗を感じるが、さっきのように弾かれそうな強さではない。私はきつく握りしめて、更に魔力を送り込む。必死に魔力を注いでいると、拳の隙間《すきま》から小さな光が漏れた。

「あら、ローデリヒ様。成功したのではありませんか？」

カティンカ様の声を耳にして、私は信じられない思いで恐る恐る指を開いていく。透明だった魔石が、自分の魔力である黄色に近いオレンジ色になっていた。

「できた……。あ、いや、その、カティンカ様やエリーアス様と違って、中に細かいゴミのような他人の魔力の残滓が浮いているから完全に成功とも言えないのですが……」

「確かにもっと練習は必要でしょうが、成功は成功です」

「ええ。次は魔力を抜く練習ですよ、ローデリヒ様」

エリーアス様が労《ねぎら》ってくれ、カティンカ様が次の課題を口にする。講義の時だけだが、こうして普通に会話できる時間があることを私はとても嬉しく思っている。派閥が違えば、本来はこんなふうに話などできないのだ。

……成績向上委員会を作ってくださったローゼマイン様に感謝を。

勝手に吸い取られるという形だけれど、魔力の放出は感覚でわかる。けれど、魔石から魔力を抜いて自分に戻すことは全く経験がない。どうすれば良いのかわからず、魔石を手のひらで転がして首を傾《かし》げている間に講義終了の鐘が鳴った。取り出せなかった魔力は、先生が取り出しておいてくれるらしい。私は魔石を箱に返して教室を出た。

夕食を終えると、順番にお風呂を使うことになる。同室の者の中では私が一番下なので、最後と決まっている。お風呂までの時間は持ってきた木札を読もうか、それとも、お話を書こうか。そんなことを考えながら食堂を出ると、フィリーネが呼びかけてきた。

「ローデリヒ様、わたくし、明日の歴史はお休みすることになりました。どうしても他の方々の調整ができないようなのです」

フィリーネによると、ローゼマイン様の図書館へ同行できるように側近達は講義の調整も行っているらしい。地理と歴史の座学を一緒に受けに行っているフィリーネは、時々講義を休むようになっている。フィリーネは申し訳なさそうな顔をしているのに、私の目には何だかローゼマイン様に同行することを誇っているようにも見えて少し苛立ってしまう。

「側近の仕事の方が大事だし、ひとまずフィリーネは合格しているわけだから……」

フィリーネの様子を見守るようにハルトムート様やコルネリウス様がこちらをじっと見ている。下級貴族のくせに側近仲間から大事にされているフィリーネが本当に羨ましいし、妬ましい。自分との違いを目《ま》の当たりにする度《たび》に悔しくて堪らない気持ちになる。

……ローゼマイン様と私の派閥が同じならばこんな気持ちにはならなかったのかもしれない。

フィリーネが悪いことをしているわけでもないのに、苛立つ自分にも腹が立つ。このぐちゃぐちゃとした気持ちは膨《ふく》れ上がるばかりで、全然収まる気配がない。フィリーネに嫉妬しながら、同時に、妬みと僻みで黒くなった心を少しでも変えられればいいのに、と願うのだ。自分でもわけがわからない。

……お風呂で汚れと一緒に流れていけば良いのに……。

湯船に体を預ければ、温かいお湯が少しだけ暗い気分を解《ほぐ》してくれた。そして、頭を洗ってくれる側仕えのカシミールの指の動きに苛立ちが少しずつ薄《うす》れていく。

「……カシミールは派閥の違う者が信用される手段を何か知らない？」

母方の親戚のカシミールは、父上のなさりように思うところがあるのか、私に親切だ。前に逃げ場所が欲しいならば図書館へ行くのはどうか、と提案してくれたカシミールに尋ねてみた。

「派閥の違う者が信用される手段でございますか？」

カシミールはひどく困惑したように私を見つめる。突然そんなことを質問されても困るだろう。

私は急いで自分の質問を取り消した。側仕えを無駄に困らせるものではない。

「ないならば良いのだ。その、あったら誰もが使っているはずだから……な」

そう、私がローゼマイン様に信用されるような方法などあるわけがない。自分で出した回答に打ちのめされた気分になっていると、カシミールが躊躇《ためら》いがちに口を開いた。

「全くないわけでは……」

「あるのか⁉」

「泡を流すので動かないでください」

思わず飛び起きた私は、もう一度体を横たえた。カシミールがフゥと息を吐きながらお湯を流して私の髪をゆすいでいく。

「疑い深かったヴェローニカ様に信用されるために、貴族達が求められた手段があったようです。残念ながら、私も詳しくは存じませんが……」

尋ねられても詳しくは言えないため、カシミールは答えを躊躇《ちゅうちょ》したらしい。

「何か方法があるということがわかっただけで、気分が軽くなった。ありがとう、カシミール」

「礼には及びません。ローデリヒ様の貴族院が少しでも恙《つつが》ないものでありますように……」

何の情報が手に入ったわけでもない。けれど、私は自分の身を案じてくれているカシミールの言葉でひどく救われた気分になる。

……いつか私もローゼマイン様の信用を得ることができるだろうか。

一年生を終えてエーレンフェストに戻ったら、ヴェローニカ様に信用されるために貴族達が何をしたのか調べてみよう。私は心の予定表に大きく書き込んだ。

ハンネローレ視点
独り言が起こしたディッター

「ハンネローレ姫様」

午後の実技を終え、教室となっている小広間を出たわたくしにコルドゥラが歩み寄ってきました。彼女はわたくしが貴族院へ連れてきている成人側仕えで、領地では筆頭側仕えをしてくれています。

「姫様、大変なことになりました。すぐに寮へ戻りましょう」

そっと耳打ちした今のコルドゥラは、大変なことが起こっているとはとても思えないようなにこやかな笑顔ですが、その目は普段よりずっとギラギラとしています。何だか「外で取り乱してはなりません」と目だけで叱られている気分になり、わたくしはできるだけ優雅《ゆうが》に見えるように微笑んでゆっくりと頷きました。

……大領地の領主候補生らしく見えているでしょうか？

魔力の量だけはダンケルフェルガーの領主候補生に相応しい量があるのですけれど、わたくしは何に関しても間が悪く、家族には「考え方も行動も領主候補生らしくない」と常に叱られています。いつも叱られているので、自分に自信がなくて、とてもお兄様のようには振る舞えません。宮廷作法の実技でも「大領地の領主候補生らしい威厳が足りない」とプリムヴェール先生から注意をいただいてばかりで、なかなか合格できないくらいです。

「おかえりなさいませ、ハンネローレ様」

人が少ない寮の中を少し不思議に思いながら、わたくしは自室へ戻りました。自室に集まるはずの側近達も普段と違ってほとんどいません。

……まだ上級生は講義が終わっていないのでしょうか？

わたくしはコルドゥラの笑顔を見て、すぐに考えを改めました。大変なことが側近達の不在に関係しているに違いありません。

「一体何が起こったのです？」

わたくしが問いかけると、コルドゥラがにこやかな笑顔から困った笑顔へと表情を変えました。

「レスティラウト様が騎士見習い達を率いてエーレンフェスト寮に向かったようです」

全く予想もしていなかったコルドゥラの報告に、わたくしは大きく目を見開きました。

「何故そのようなことになったのです⁉　朝はそのような素振りはありませんでしたよね？」

「姫様が図書館の大きなシュミルの主となれるように、レスティラウト様はエーレンフェストに申し立てるとのことです。王族の遺物である魔術具の主となれば、ハンネローレ姫様の権威を高めることができると考えられたようです」

図書館で大きなシュミルの魔術具がソランジュ先生のお手伝いを始めたこと、そして、その主がエーレンフェストの領主候補生であることは、貴族院での噂になっていました。寮監であるルーフェン先生によると、シュミルの魔術具は王族の遺物で、先の政変の粛清《しゅくせい》によって主を失い、しばらく動かなかったそうです。

わたくしはシュミルが好きなので、噂を聞きつけると図書館へいそいそと見に行きました。白と黒の大きなシュミルがソランジュ先生のお手伝いをしている姿は、とても可愛《かわい》らしいものでした。

わたくしと同じように大きなシュミルの噂を聞きつけた女子生徒が何人も図書館にいるのを見つけ、

仲間が多いことに少し安堵《あんど》したものです。

わたくしはとても満足して寮に戻り、いつも付き従ってくれているコルドゥラに向かって「なんて可愛らしいこと。あのようなシュミルの主になってみたいものですね」と言いました。

「確かに言いましたよ。でも、本当に独り言のつもりだったのです」

「……普通ならば独り言で終わったでしょうけれど、間の悪いことにその呟きをラザンタルクに聞かれていたようです」

ラザンタルクはわたくしの従兄《いとこ》の上級貴族で、お兄様の側近になっています。彼が「ハンネローレ様がシュミルの主となりたいそうです」とお兄様に報告したと言うのです。

……なるべく周囲に迷惑をかけないように過ごしているつもりですのに、まさかこんなことになるなんて！

わたくしは自分に自信がなく、あまりにも気が小さいせいか、威厳がないと指摘されたくらいです。けれど、箔《はく》を付けるためにエーレンフェストの領主候補生からシュミルの主の座を得ようなどと考えたことはありません。むしろ、そのような注目をされては、大領地の領主候補生に相応しくない自分を周囲に知られてしまうではありませんか。

「それにしても、エーレンフェストに何という迷惑を……。こうしてはいられません。すぐにお兄様を止めなくては！」

「……先程アナスタージウス王子よりオルドナンツが届き、ルーフェン先生が呼び出されました。姫様の手におえる事態ではなくなったようです」

コルドゥラに止められて、わたくしは思わず頭を抱えてしまいました。わたくしが今日ではなく、前回の講義で試験に合格していれば、きちんと話をして止めることができたでしょう。

「ハンネローレ姫様、いつも通り間が悪かったのです」

「コルドゥラ、それは何の慰《なぐさ》めにもなりませんわ。何もかも全てわたくしのせいではありませんか」

どうしたものかと考え込んでおりましたが、アナスタージウス王子によってすでに寮監が呼び出されているのです。わたくしがしゃしゃり出たところで何とかなるはずがありません。

わたくしは悶々《もんもん》としながら皆の帰りを待っていました。戻ってきたのはもう夕食が近い時間でした。すぐお兄様に詳しい説明を求めましたが、「話は夕食の席で」と軽く追い払われます。わたくしは不安に揺れる胸を押さえながら夕食に向かいました。

「お兄様、ラザンタルクから妙な報告を受けたことが今回の原因なのですよね？」

わたくしがお兄様をできるだけ力一杯睨むと、ラザンタルクが慌てたようにわたくしとお兄様の間に割って入ってきました。

「申し訳ございません、ハンネローレ様。悪気はなかったのです。ただ、ハンネローレ様の希望を叶えることができれば、と……」

ラザンタルクは騎士見習いで真っ直《す》ぐな気性をしています。わたくしも幼い頃からの付き合いですから、別に悪気があって言ったわけではないことはわかります。欲しいものがあるならば希望を叶えてやろうという気持ちなのでしょう。

「けれど、他者の物を奪うようなことも、このような騒ぎになることもわたくしは望みません。悪気がなければ他者の物を奪っても良いのではないでしょう？」

「奪おうとしたのではなく、王族の遺物を取り返そうとしただけなのですが……」

言い訳がましくラザンタルクが何やら言っていますが、どんなふうに建前を取り繕《つくろ》っても、エーレンフェストから主の座を奪うことに変わりはありません。

「もう終わったことだ」

不機嫌極まりない顔でお兄様が手を振りました。この話を終えろと言うことなのでしょうけれど、わたくしは一体何がどうなったのか全く聞いていません。

「話は夕食の席で、とおっしゃったのはお兄様ではありませんか。エーレンフェストとの交渉は一体どうなったのですか？」

「腹立たしいことに、ダンケルフェルガーに主の地位を渡すことはできないとエーレンフェストが拒否した」

それによって大規模な争いになろうとしたところに王子が到着。双方の寮監が呼び出され、ルーフェン先生の提案により、ディッターでシュミルの主を決めることになったそうです。

……ルーフェン先生のディッター好きも役に立つことがあるのですね。

結果としては、ディッターに関して常勝であるダンケルフェルガーにエーレンフェストが勝利し、主の地位は今まで通りローゼマイン様のものと決まったそうです。エーレンフェストから権利を取り上げるようなことにならず、わたくしは本当に安心いたしました。

「あのような卑怯《ひきょう》な者が聖女を名乗るなど烏滸《おこ》がましい」

ローゼマイン様の一言でディッターに駆り出されることになった上、手ひどい負け方をしたらしく、お兄様は苛立った顔で食事をしています。けれど、ルーフェン先生も騎士見習い達も興奮気味ですが、エーレンフェストを罵《ののし》るようなことは口にしていません。むしろ、ローゼマイン様を称《たた》えています。

「ローゼマイン様は卑怯ではありません、レスティラウト様。宝盗《と》りディッターではあらゆる手を使って勝利をもぎ取るのです。フェルディナンド様の奇策《きさく》に比べれば、まだ対策のしようもある穴だらけで可愛い不意打ちではありませんか」

ルーフェン先生が嬉しそうに本日のディッター勝負について語り、過去にダンケルフェルガーを負かしたフェルディナンドという策略家の話をして、明日からの訓練について計画を立て始めました。

騎士見習い達は自分の先輩や親族から聞いたフェルディナンド様の策略の数々について、あれこれと情報交換をしています。今度はどのような策があっても勝つのだと、騎士見習い達は普段よりも結束が固くなっているようにさえ感じられました。

「これで訓練してエーレンフェストには是非《ぜひ》再戦を申し込まなければならぬ」

「……あの、ルーフェン先生。これ以上エーレンフェストに迷惑をかけるのは止めてくださいませ」

「迷惑ではございません、ハンネローレ様。ディッター勝負です」

ルーフェン先生にとってディッター勝負は望むところであり、喜ばしいことであるのでしょうけれど、女性の領主候補生でディッター勝負を申し込まれて喜ぶ方はとても少ないと思うのです。

……お兄様ばかりか寮監まで暴走しないように、次こそはわたくしがしっかりしなくてはなりませんね。

そんなことを考えながら、わたくしは食事を終えて食堂を出ました。わたくしが出た後も食堂では騎士見習い達を始め、観戦していた学生達も楽しそうにディッターの話題で盛り上がっています。

……それにしても、わたくしと違って、ローゼマイン様はとても優秀な領主候補生なのですね。

ローゼマイン様は講義の全てを初日で合格しておりますし、ダンケルフェルガーにディッターで勝利して王族の遺物の主となることを王子に認められたというのですから、今年最も注目されている領主候補生に違いありません。

襲撃《しゅうげき》で毒を受け、二年ほどユレーヴェに浸かり、成長していないため、貴族院に来られないかもしれないと噂で聞きましたが、とてもそのような様子は見られません。洗礼式を終えたばかりのような外見ですから、尚更《なおさら》優秀に見えるのです。

ローゼマイン様は幼いながら美しく整った容貌《ようぼう》に、驚くほど艶《つや》のある夜の空の髪と月のような金色の瞳で、他では見たことがない髪飾りをいつも挿《さ》しています。ダンケルフェルガーの女子生徒の中でもそれらの情報を得たくて仕方ない者は多いようで、わたくしは早く講義を終えて社交を始めてほしいと無言の重圧をかけられているのが現状なのです。

……面識を得て、お茶会にローゼマイン様をお誘いしなければならないのですけれど、お誘いの前にお兄様の所業を詫《わ》びなければなりません。今回の事でお気を悪くされているでしょうから、誘い方にも細心の注意が必要ですわね。

すでに決着が付いていることを何度も蒸《む》し返すことは優雅ではございませんが、わたくしの独り言でエーレンフェストには多大な迷惑をかけたのです。謝るくらいはしておかなければ気が済みません。

……けれど、どのようにしてローゼマイン様にお会いすればよろしいのかしら？

一年生同士なのですから、本来ならば講義で顔を合わせることができるはずです。けれど、ローゼマイン様はさっさと講義を終えてしまっているので、顔を合わせる機会がございません。

……ヴィルフリート様もシュタープの使い方に関する講義以外は姿をお見せになりませんもの。順位は十三位ですが、エーレンフェストの領主候補生は優秀すぎます。

幸いにも明日はシュタープの使い方に関する講義があるので、ヴィルフリート様にお会いすることができるでしょう。ローゼマイン様とお会いできる機会がないか、伺《うかが》ってみたいと思います。

ルーフェン視点
素晴らしきディッター

ディッターとは己に必要なものを勝ち取り、守る手段である。先程までダンケルフェルガーの領主候補生レスティラウト様とエーレンフェストの領主候補生ローゼマイン様は、騎士見習い達を率いて戦っていた。賭けられたのは、魔術具の主の座。行われたのは、宝盗りディッターだ。少々変則的とはいえ、貴族院で宝盗りディッターが行われたのは何年ぶりだろうか。各々の陣に領主候補生がいて、技量の差を知恵で補おうとするディッターが行われたことに、私は血の滾《たぎ》るような興奮を覚えていた。それは参加した騎士見習いばかりではなく、観戦していた学生達にとっても同じだったようだ。

「まさか我々が負けると思いませんでした。だって、相手はエーレンフェストですよ」

「騎士の練度には差があったというのに、それをひっくり返して勝利するローゼマイン様の奇策には心が震えましたわ。あれほど稚《いとけな》い外見ですのに……」

「速さを競うディッターと違って、結果が全く予測できないから盛り上がったのではないか」

「うむ、あれほど興奮したディッターは初めてだったな。いつものディッターと全く違う……」

自領の敗北には構わず、純粋にディッターの内容に興奮している者がいれば、ダンケルフェルガーが負けたことに納得のいっていない顔をしている学生達もいる。皆の言葉を笑って聞いていた私が一番引っかかったのは、「いつものディッターと全く違う」という言葉だ。

……学生達にはいつものディッターが「速さを競うディッター」になっているのか。

かつて、貴族院でディッターと言えば宝盗りディッターを示す単語だったはずだ。政変の影響で宝盗りディッターを行うことが難しくなったため、速さを競うディッターに仕方なく変更されることなったのである。だが、競技内容が変更されて年月が過ぎると、学生達にとっては速さを競うディッターこそが普通のディッターになっている。これは将来的に考えると、非常に良くない傾向だ。

「いつものディッターであれば、こちらが勝っていたさ。ルーフェン先生、宝を得て戻るところを奇襲するのは違反ではないのですか？　速さを競うディッターでたとえるならば、先生方が魔獣を呼び出している時に背後に迫り、出現と同時に全力攻撃をするようなものですよ」

自分達にとって慣れているディッターに当てはめて、エーレンフェストが違反をしたのではないかと憤《いきどお》っている彼等に私は笑って首を横に振った。

「先生方が魔獣を出してから開始の合図がある速さを競うディッターと違って、宝盗りディッターは宝を探しに行く時点で開始の合図がある。すでに競技は始まっているのだ。違反でも何でもない」

規則が違うと言い切ってもまだ不満そうな顔をしている学生を見ながら、私はフッと鼻で笑った。そのような甘いことを言っていては、領地対抗戦で宝盗りディッターを行っていた当時の騎士見習い達から大目玉を食らうだろう。

「政変後の領地事情によって、領地対抗戦で行われるディッターが宝盗りから速さを競うものに変わったことは知っているだろう？　あの頃はもっとひどい策士もいた。宝を探しに出た各領地の騎士見習い達に次々と奇襲を仕掛け、自領が負ける瞬間まで他領に極悪非道な奇襲や襲撃を繰り返し、領地対抗戦を大混乱に陥れるような……」

「ディッターの魔王の話ですか？　自領が勝利するためではなく、その場を混乱させて常勝領地を陥れることに酔いしれていたという……」

「あぁ、そうだ。其方は詳しく知っているのか？」

確か一年生の間では講義中にその話が出ていたな、と私は思い出した。ヒルシュールがローゼマイン様を「フェルディナンド様の愛弟子《まなでし》」と言った時だったと思う。

「叔父《おじ》上から聞いたことがありますよ。領地対抗戦の宝盗りディッターで、宝を探しに出た五、六人の騎士見習いの集団を二、三人で潰して回って半数ほどの領地に勝利したとか、残酷な魔術具を使用して死ぬ寸前の重傷を負わせたとか、回復薬まで破壊したり奪ったりした上で、棄権しなければ回復薬も渡さないとか……いくら何でも話を盛りすぎですよね？」

年寄りの話す誇張された武勇伝とディッターの魔王の話が一緒にされているのを知って、私は失笑した。だが、別に話を盛っているわけではない。

……正確に話せば話すほど、敵には一切容赦しない苛烈《かれつ》な策に頭を抱えたくなるが。

「そのディッターの魔王がローゼマイン様の後見人であるフェルディナンド様だ。エーレンフェストの寮監であるヒルシュールによると、師弟関係にあるようだな」

「……は？」

あの頃の社交週間は、宝盗りディッターの根回しに大半が使われていた。弱小領地はどの大領地と手を組んで共同戦線を張るのか情報を集めて考え、大領地同士はお互いの手の内を読もうと必死だった。そのため、中小領地は大領地の下につき、共同戦線を張りつつ強豪領地同士が戦うディッターになっていた。

そんな事前準備の数々をひっくり返す奇襲攻撃を行ったのが、当時のエーレンフェストの領主候補生フェルディナンド様だ。宝にする魔獣を探しに出た大領地の騎士見習い達を各個撃破し、大領地と共同戦線を張っていた中領地には奇襲の成功を知らせて裏切りを唆《そそのか》し、共同戦線を張った大領地が大打撃を受けて右往左往している小領地を次々と襲撃していた。

他領への攻撃だけに特化していて自領の宝を守ることを疎《おろそ》かにしていたので、宝盗りディッターでエーレンフェストが上位領地になったわけではない。けれど、彼の影響は非常に大きかったと思う。

策略や奇襲をするために、また、それらを防ぐために新しく魔術具を開発しようと文官見習い達は毎年必死に研究していた。今では信じられないかもしれないが、多くの物騒な魔術具が発明され、領地対抗戦の宝盗りディッターで披露《ひろう》されて、各領地が魔獣退治のために買い求めたものだ。

ちなみに、フェルディナンド様は優秀な文官見習いでもあり、ヒルシュールの弟子だった。毎年奇襲用の魔術具を新しく作っていたし、それ以外の魔術具にも多くの客が付いていた記憶がある。

情報収集や補給路の確保のために側仕え見習い達も神経を研ぎ澄ましていたし、毎年優勝領地が入れ替わって何が起きるのかわからない宝盗りディッターに観客の期待感も膨れ上がっていた。

「フェルディナンド様の全てを手玉に取るような緻密《ちみつ》な計画と、何の躊躇いもなく全ての領地を阿《あ》鼻叫喚《びきょうかん》の渦に巻き込む容赦のなさに比べれば、ローゼマイン様の奇策など可愛らしいものだ」

「可愛らしいとおっしゃいますけれど、ローゼマイン様の作戦は非常に素晴らしいものでしたよ！選抜試験に体格が理由で落ちたわたくしとしては、あのように幼い姿で騎士見習い達を翻弄《ほんろう》するお姿に感銘《かんめい》を受けました」

武よりの文官見習いであるクラリッサが、焦げ茶色の三つ編みを背中で揺らしながら噛みつくような勢いで反論してきた。「武より」とはダンケルフェルガー特有の存在だ。

ダンケルフェルガーでは騎士を志望する者が非常に多い。けれど、志望者全員を騎士にすることはできない。側仕えも文官も必要だ。そのため、洗礼式から貴族院に入学するまでの期間に選抜試験が行われる。試験に落ちても、騎士と同じくらいの訓練に励む者達が「武よりの文官」や「武よりの側仕え」と呼ばれるのである。できることならば騎士になりたかった者なので、ある意味ではディッターへの思い入れが騎士見習い達より強い。

「宝を騎獣に入れて守るなど、他の誰が考えつきますか？　領主候補生の魔力を超える騎士がどのくらいいるでしょう？」

ダンケルフェルガーのマントの色合いによく似た青い瞳に熱を込め、クラリッサがローゼマイン様の作戦について拳を握って語り始めた。観客席にいた文官見習い達が今回の勝負をどのように感じていたのか知りたくて、私は先を促す。

「ローゼマイン様の目の付け所は非常に面白いと私も思う。だが、見どころがあったのは宝の置き場所だけではあるまい？　其方はどこに着目したのだ？」

「突然決まった宝盗りディッターに領主候補生として参加する胆力《たんりょく》は、騎士を率いる将に相応しいと思いました。奇策の美点や欠点については後で語るとして、実戦で効果のある奇策をすぐに思い付く頭の回転の早さ！　それこそがローゼマイン様にとって何よりの武器でしょう」

……胆力と頭の回転の早さ、か……。

騎士見習い達が奇策自体と、勝負の後に敵を褒めることができる高潔《こうけつ》さ、自軍の足りない部分を見極める冷静な目を挙げる中、クラリッサはまた違った点を挙げた。

「わたくし、ディッター勝負はルーフェン先生が提案して決まったことだと伺いました。つまり、何の準備もない突然の勝負です。ルーフェン先生は昔の策士がすごかったとおっしゃいますが、彼と違ってローゼマイン様には戦いに必要な魔術具を事前に準備する時間さえありませんでした。それなのにディッターが開始するまでにあれだけの作戦を立てて、自分が持っている魔術具を臨機応変に使うことができるのですよ。なんて、なんて……！」

こちらが引くくらいにクラリッサの弁には熱が籠もっている。だが、周囲には賛同者も多い。賛同者の目に熱が籠もっていくのを冷静に確認しながら、私はクラリッサの言葉を吟味《ぎんみ》する。

……確かに、短時間に限られた装備で作戦を練るのはそう簡単ではないな。

昔は領地対抗戦の前でも色々な意味で駆け引きなどが多かったし、フェルディナンド様が在学していた頃は政変の真っ只中《ただなか》で、どこで足の引っ張り合いがあるのかわからないような状況だった。皆が常に隠し球になるような魔術具や武器を持っていた。

だが、政変は終わり、国力が大きく下がったことで各領地間の小競り合いはなくなった。正確には小競り合いをする余裕さえなくなった。周囲の危険性が大きく下がった現在、学生達が常に身につけている魔術具の数はそれほど多くない。

「ここ数年は騎士見習い達でさえほとんど宝盗りディッターの経験がない現状で、自分の手持ちの魔術具や騎獣でいくつもの奇策を考えて見せたのだ。……果たして教育だけで身につくことだろうか？　もしや、ローゼマイン様にはディッターに対して天賦《てんぷ》の才があるのでは？」

私の呟きにクラリッサが「あるに決まっています！　エーレンフェストの聖女ですもの」と鼻息も荒く主張した。

「ローゼマイン様はユレーヴェに二年間も浸かっていたせいで、あのように幼い見た目なのですよ！　つまり、知識なども本来は見た目相応のはずではございませんか。二年間眠っている間に学ぶことなどできませんもの」

クラリッサの熱弁にハッとする。その通りだ。アウブから特別措置《そち》を申請されていたローゼマイン様に対しては、我々教師も「落第さえしなければ良しとしよう」と考えていた。ほとんど全ての講義を初日に合格していく優秀さに目を奪われていたが、その事実をもっと深く考えなければならなかった。

「クラリッサ様、つまり、ローゼマイン様は更に幼い頃から戦いに対する勘所を磨いてきたということになりませんか？」

「今までは半信半疑でしたが、ローゼマイン様の側近から魔力の多さを理由に領主の養女になることを求められたと聞いています。元々騎士団長のお嬢様らしいので、幼い頃から戦いに関する教育を受けていたのかもしれません」

「ディッターの魔王の弟子ならば、特別にディッターの教育を受けていたのでは？」

短時間に複数の作戦を思い付くローゼマイン様の教育環境についての推測が進み、学生達が勝手に興奮気味になっていく。一番興奮しているのはクラリッサだ。

「もしローゼマイン様がダンケルフェルガーの領主候補生ならば、わたくしは真っ先にローゼマイン様に忠誠を誓ったと思います！」

　領地の違いを悔しがる様子が、「何故フェルディナンド様はダンケルフェルガーの領主候補生ではないのか」と地団駄《じだんだ》を踏んで悔しがっていた過去の騎士見習い達に被《かぶ》って見えた。私は笑いがこみ上げてきたのを堪えて、クラリッサを見つめる。

「其方がローゼマイン様の側近を射止められれば良いな」

「どういう意味ですか？　わたくしはエーレンフェストに嫁ぎたいのではなく、ローゼマイン様にお仕えしたいのですよ。結婚で他領からやってきた貴族が領主一族の側近に取り立てられる例などないでしょう？」

「普通はないが、領主会議に同行するような側近の配偶者ならば交渉次第だな。全く例がないわけではない。だが、其方はそろそろ一度頭を冷やした方が良いだろう。興奮しすぎだ」

　私はクラリッサを黙らせると、ローゼマイン様の教育環境について勝手な推測で盛り上がっている学生達を見回した。

「クラリッサだけではなく、其方等も同じだ。ここでどれだけ推測しても意味がない。必要なのは、勝手な妄想《もうそう》ではなく事実ではないか。何のための文官見習いだ？　何のために側仕えはお茶会を催《もよお》すのかわからないか？」

　ぴたりと皆が口を閉ざした。だが、その目は熱い。この熱を逃してはならない。これを上手く誘導することができれば学生達はそれぞれの得意分野で大きく成長するだろう。

「ローゼマイン様の特別措置の申請が取り下げられたのは、秋の終わりだった。それで、ディッターの勝利、最優秀候補の成績、数々の流行を広げようとしている。これは揺るぎない事実だ。音楽のパウリーネ先生からは教師のお茶会で王族とローゼマイン様が接触したと聞いた。この分ならば来年以降は、おそらく彼女個人の影響力が更に上がるだろう。これは推測だ。推測できるだけの証拠がなければ、ただの妄想だ。其方等は明日からローゼマイン様についての情報収集を行い、事実に基づいた話し合いを行うように」

「はっ！」

武寄りの文官見習いから歯切れの良い返事が響く中、側仕え見習い達もエーレンフェストとのお茶会を開こうと思案し始める。

「ローゼマイン様はハンネローレ様と同学年の領主候補生ですし、エーレンフェストは中立で派閥に属していないのでお茶会にお誘いするのは容易でしょう。あちらの流行を広げるお手伝いをする代わりに、情報を得ることもできるのではございませんか？」

「講義が同じであれば多少の交流を持つものです。お茶会に誘うのは不自然ではないでしょう。ハンネローレ様はエーレンフェストに迷惑をかけたのではないかと気に病んでいらっしゃいましたから、こちらからお詫びを……と話を向ければ乗り気になってくださると思います。ハンネローレ様にローゼマイン様をお誘いしていただきましょう」

最近はあまり感じられなかった文官見習いや側仕え見習い達の間に緊張感が生まれている。それが何とも心地良い。

「騎士見習い達は宝盗りディッターの訓練もせねばなるまい。ダンケルフェルガーがディッターで後れを取るなど、二度とあってはならぬ」

おおぉ！　と騎士見習い達が興奮に沸《わ》く。エーレンフェストとの再戦を餌《えさ》に明日から訓練を増やし、宝盗りディッターの戦術の見直しを行った方が良い。これを機会に、騎士見習い達の講義をそろそろ速さを競うディッターから宝盗りディッターに戻すことも検討したいと思う。

……明日、他の先生方に提案してみるか。


講義の準備のため、寮監は朝食を終えるとすぐに寮を出る。私が騎士棟へ向かっていると、先を歩いている女性教師の姿が見えた。アーレンスバッハの寮監であるフラウレルムだ。キンキンと高い声で喋《しゃべ》る彼女は、話し始めると長い。捕まるのが面倒に思えて、私は少しだけ歩く速度を緩める。だが、全く意味はなかったようで、フラウレルムはすぐに振り返った。

「あら、おはようございます、ルーフェン。わたくし、実は昨日ダンケルフェルガーがディッターでエーレンフェストに敗北したと耳にしたのですけれど……本当のことですの？」

ダンケルフェルガーが負けたことがよほど嬉しいのか、小馬鹿にしているような目でこちらを見てくる。しばらくの間は同じような目で見られることが増えるだろう。

……騎士見習い達には何を言われても余計な喧嘩《けんか》を買うなと言っておくべきか？　それとも、積極的に喧嘩を買うことで両方の領地に宝盗りディッターの経験値を積ませるべきか？

「一年生だというのにローゼマイン様は素晴らしい指揮を見せてくださいました。ダンケルフェルガーの弱い点を指摘してくれた彼女に感謝し、騎士見習い達は……」

「んまぁ！　殿方のヴィルフリート様を差し置いて、ローゼマイン様が指揮を執《と》ったのですか⁉」

私の言葉を遮《さえぎ》ってフラウレルムがわざとらしいほどに驚いた顔で大きな声を上げる。そこに非難めいた響きを感じ取って、私はローゼマイン様が騎獣でフラウレルムを襲ったという噂を思い出した。フラウレルムの前でローゼマイン様を褒めるのは得策ではなさそうだ。そう感じた私は「ヴィルフリート様が不在でしたから」と言いながら、すぐさま話題を変える。

「やはり政変後に貴族院の講義内容を変更した皺寄《しわよ》せが出てきたようです」

「皺寄せとはどういう意味かしら？　政変後の教師や講義では不足ということでしょうか？」

不快さを顔に出したフラウレルムにじろりと睨まれたところで、私は彼女が政変後に赴任した教師であることを思い出した。この話題も少々問題があったのかもしれない。何とも面倒な相手である。私は「騎士コースにおいては」という部分を特に強調し、今まで感じていたことを口にした。

「領地対抗戦で速さを競うディッターになったことで、騎士見習い達は攻撃力を重視するあまり他の技量を磨くことが疎かになっているように思えます。妙な慣れが出て、本来学ばなければならないことを学べていないようです。今こそ宝盗りディッターの復活に……」

「んまぁ！　妙な慣れですって⁉」

フラウレルムが再び声を上げて私の言葉を遮った。今度は何が引っかかったのか、私が警戒しながら彼女の様子を窺っていると、今度は一人で何やらブツブツと呟き始めた。

……む？　私の言葉の何かが研究の助言やきっかけになったのか？

文官コースの教師は基本的に自分の研究で頭がいっぱいで、教示を得たら周囲を放置して研究に没頭する者も少なくない。貴族院で様々な教師と接している私は、悲しいことにこのような奇行に慣れている。

……先に講義の準備へ行っても良いだろうか。

横を通り過ぎるのは簡単だが、考え込んでいる文官の教師に妙な刺激を与えて思考が途切れたら、とんでもない勢いでしつこく文句を言われることも多い。注意は必要だ。

できるだけ静かに横を通り過ぎようとした途端、フラウレルムが突然ポンと手を打った。

「ルーフェン、わたくし、貴方の意見に賛同しましてよ。妙な慣れを防ぐためにも教師として色々と考え直した方が良さそうですね。とても良い教示をありがとう存じます」

急に上機嫌になったフラウレルムが去って行く。どの言葉がどのような形で教示になったのか知らないが、面倒な絡まれ方が続かなかったことに私は胸を撫《な》で下ろして騎士棟へ向かった。

……あの分からず屋どもめ！

私は騎士コースの教師達に宝盗りディッターの経緯と騎士見習い達の認識について語り、教育課程の見直しの必要性と宝盗りディッターを知らない騎士見習いが増えることに対する危険性について訴えた。だが、「宝盗りディッターは小領地に負担が大きすぎる。何のために教育課程を変更したと思っているのだ？」と頭の固い教師達は却下《きゃっか》したのである。

……貴族院でできないことが領地に戻った後にできると思っているのか⁉

貴族院の講義にかかるお金は一部が中央から、残りは各領地から出ている。当然大領地は多く出していて、小領地が出す分は少ない。それでも同じ教育が受けられるのだ。領地で宝盗りディッターを行う余裕のない小領地にこそ、教育課程で少しでも経験を積ませたいとは考えられないのか。だが、却下されては仕方ない。自分の力だけでできることなど、それほど多くはないのだ。全体の教育課程を変えるのが難しいならば、手の届く範囲から始めるしかないだろう。

……まずはダンケルフェルガーだけでも鍛《きた》えるか。

せっかく騎士見習い達が発奮して、宝盗りディッターに興味を示しているのである。この機を逃してはならない。幸いにもダンケルフェルガー寮には訓練場が併設されている。訓練は可能だ。

一日の講義を終えた私は、寮へ戻ってから騎士見習い達を訓練場に集合させた。二つのチームに分けて宝盗りディッターの訓練をするように指示を出す。直後、オルドナンツが飛んでいった。一体誰に何の報告をしたのだ、とむっと眉間《みけん》に皺を刻んでいると、訓練場の扉が開いた。側近を率いたレスティラウト様が入ってきて、二つに分かれた騎士見習い達を見る。

「ルーフェン、訓練は速さを競うディッターに向けたものにせよ。領地対抗戦の順位の方が大事ではないか。領地対抗戦ではエーレンフェストに絶対に勝つのだ。良いな？」

レスティラウト様は命令し慣れた尊大な態度でそう言うけれど、全く良くない。領地対抗戦の順位よりも変わりつつある騎士の考え方や身についていない総合的な力の方がよほど大事だ。

「レスティラウト様、全く良くありません」

言いたいことだけを言って、さっさとその場を離れようとするレスティラウト様を私は呼び止める。

「宝盗りディッターと速さを競うディッターは別物です。それぞれに必要な能力が異なります。宝盗りディッターの訓練が必要ないというのは一体どういう意味でしょう？」
「フン、宝盗りディッターなど今時流行《はや》らぬ。昔のディッターではないか」
騎士見習い達も開眼するくらい素晴らしい勝負であったというのに、ダンケルフェルガーの領主候補生の反応は非常に芳《かんば》しくない。レスティラウト様はこの通りだし、実際に勝負の場を見ていないハンネローレ様は「これ以上エーレンフェストに迷惑をかけるのは止めてください」と言っていたくらいだ。

……実際に戦った騎士見習い達には大きな収穫があったというのに、ダンケルフェルガーの領主候補生がこれでは将来があまりにも心配ではないか。

味方の欠点と敵の美点を冷静に見つめ、勝利した後に敵に賛美の言葉をかけられるローゼマイン様を見習ってほしいものだ。このままではダンケルフェルガーはディッター常勝領地という褒め言葉に驕《おご》って、再び敗北を喫することになるだろう。転落する日はそう遠くないと思われる。
「ディッターは魔獣を倒すための訓練ではありません。自分の欲しいものを得るために、大事なものを守るために、全力を尽くす戦いがディッターです。攻撃力だけがあっても、勝利に結びつくとは言えません。それがおわかりになりませんか？」

私の反論にレスティラウト様が顔をしかめた。不快を隠そうともしていない。暗に「黙れ」と言われていることを知っていながら、私は続ける。レスティラウト様にはわかってもらわなければならない。今回の敗北を見つめ直してもらわなければならない。レスティラウト様個人のためだけではなく、ダンケルフェルガーの将来のために。

「私があの時に宝盗りディッターの提案をしたのは、エーレンフェストの反応を見たかったからです」

「エーレンフェストの反応だと？」

意外なことを言われたようにレスティラウト様が赤い目を瞬かせた。

「今まであの領地は基本的に事なかれ主義で、政変においても中立。その後も上位領地から要求があった時に上手くかわすこともなければ、拒否することもありませんでした。ですが、今回は第二位のダンケルフェルガーが他領と結託《けったく》して行動したにもかかわらず、エーレンフェストは絶対に退《ひ》かない態度を示したのです。レスティラウト様は領主候補生として異変を感じませんでしたか？ただの生意気な態度と捉えただけですか？」

おそらく深くは考えていなかったのだろう。レスティラウト様が腕を組んで私を睨んだ。先を促している態度だ。不快ではあるが、この先の意見も耳に入れる気はあるらしい。

「エーレンフェストが図書館の魔術具にどのような価値を見出《みいだ》しているのかわかりません。主の座を上級司書に譲るのが一番で、図書館へ頻繁《ひんぱん》に通って魔力供給できる者にならば譲っても構わないとローゼマイン様はおっしゃいました。だが、それができない者にはダンケルフェルガーの領主候補生が相手でも譲らないと主張していました。重要なものであればあるほど、エーレンフェストには守る力が必要になります」

「だから、其方は宝盗りディッターを提案したのか？」

「必死で守らなければならないほど重要な王族の遺物ならば、強者が持っていた方が良いでしょう。派閥にも属さず、自力で守れないエーレンフェストに管理させるのは危険です」

私の説明にレスティラウト様はフンと鼻を鳴らした。

「つまり、其方は王族の遺物を守る力があるのか試すために、我々を利用したということか」

「まさか。私は寮監として、できる限りレスティラウト様に協力したつもりでしたよ。エーレンフェストの反応を見たかったとはいえ、ディッターを提案した時点ではダンケルフェルガーが負けるとは爪の先ほども考えていませんでしたから」

挑発的にそう言うと、レスティラウト様がグッと悔しそうに歯噛みするのがわかった。おそらく誰もエーレンフェストが勝つとは思っていなかった。アナスタージウス王子にしても、政変で中立派だったエーレンフェストが王族の遺物の主であるよりは、勝ち組のダンケルフェルガーが主になる方が良いと考えていたと思う。

「ですが、皆の思惑や予想に反してエーレンフェストが勝ちました。何故だと思いますか?」

「何故も何もない。エーレンフェストが正々堂々と戦うのではなく、悪辣《あくらつ》で卑劣《ひれつ》な手段を使ったからだ。あの悪辣な策がなければ我々が勝利していたはずではないか」

「その通りです」

私が大きく頷いて肯定すると、レスティラウト様はこちらの真意を探るように眉を寄せて私をじっと見つめる。

「其方、あの悪辣な奇策を褒めていなかったか?」

「戦力の劣る領地が知恵を絞り、魔術具を駆使し、作戦を練って勝利を狙う。これこそが宝盗りディッターの真髄《しんずい》です。速さを競うディッターのやり方に慣れすぎたダンケルフェルガーと、おそらく速さを競うディッターを知らずにただ自分達の勝利を求めたローゼマイン様の違いが勝敗を分けたのだと思います」

もちろん速さを競うディッターを知らなかったことだけが勝利の理由ではない。いくつも繰り出された奇策は、とても一年生の女性領主候補生とは思えなかった。

「レスティラウト様は速さを競うディッターと宝盗りディッターの違いがわかりますか？　元々、何の訓練のために行われてきた競技なのか、ご存じですか？」

「あぁ、当然だ。速さを競うディッターは、領地内で増える魔獣を効率的に狩る訓練のために行われてきた競技だろう？　領地内の魔獣を退治するための攻撃力や効率を上げることは、騎士として何より重要ではないか」

レスティラウト様がわかりきったことを尋ねるなと言わんばかりに眉を上げて私を見た。私は頷いて肯定し、この場にいる騎士見習い達全員に聞こえるように声量を上げる。

「しかし、魔獣の動きはそれぞれの種類によってだいたい決まっています。あまり変則的な動きをすることがないため、戦い方が一方的になりがちです。だから、今の騎士見習い達は想定外のことが不意に起こると、統制された動きさえ取れなくなりました」

「それが今回の敗因だと言いたいのか？」

「大きな原因だと思っています。宝盗りディッターは呼び出された魔獣相手と違って、敵も人間です。負けないように真剣に考えています。戦力差をひっくり返すためにはどうすれば良いのか、相手の罠《わな》に気付くためにはどういうことに気を付けなければならないのか……」

大体決まったような動きをする魔獣退治とは全く違うのだ。相手がどのような策略を練っているのか、どのような魔術具を持っているのか、一般的な理論や戦術がまとめられていたとしても、敵がその通りに動くことは少ない。

「今のように、教師が魔術で出した魔獣を倒す速さを競うだけでは総合的な戦力が得られません。ダンケルフェルガーの次期アウブである貴方ならば、その危険性がわかると思います」

「本来の宝盗りディッターは領地の礎《いしずえ》を守る模擬戦だから、あのような悪辣な奇策も許容せよ、と其方は言いたいのか？」

レスティラウト様がじろりと私を睨んだ。

「別に許容せよとは言いません。負けた後で何を言ったところで無駄だと言いたいだけです」

宝盗りディッターは、他領から領地の礎を狙われた時に領主がいかに騎士と連携して戦い、領地を守るのかを考えるための模擬戦である。本当に領地を奪われた場合は悪辣とか卑怯だと後で言ったところで何にもならない。大抵の場合、領地を失った領主一族は命も奪われるのだ。文句さえ言えるわけがない。

「ルーフェン、其方っ……」

気色《けしき》ばんだレスティラウト様がシュタープを取り出した。騎士見習い達がざわりとしたが、私もシュタープを出して応じながら更に挑発する。

「レスティラウト様は騎士見習い達を叱咤《しった》していましたが、ローゼマイン様のように自領を勝利に導くために積極的に指揮する様子さえ見せませんでした。それで本当にダンケルフェルガーの次期アウブを名乗るおつもりですか？」

「何だと⁉　シュヴェールト！」

シュタープを剣に変化させ、レスティラウト様が斬《き》りかかってくる。

「其方は私が次期アウブに相応しくないと言いたいのか⁉」

「皆、下がれ！　シュヴェールト」

その攻撃を避けながら、私もシュタープを剣に変化させた。突然始まった剣戟《けんげき》に周囲が驚きの声を上げながら急いで距離を取り始める。

「あのディッターで不満以外に得るものが、本当に何もなかったのですか？」

「……」

「もし、そうならばレスティラウト様には次期アウブとしての素養と自覚が足りないと言わざるを得ません」

「黙れ！」

レスティラウト様は鋭い動きで次々と打ち込んでくる。他領の領主候補生と比べれば日常的に訓練している分、よほど強い。だが、その程度で騎士コースの教師として日夜鍛えている私に勝てるわけがない。怒りの感情に任せている分、普段の訓練の時より雑な動きになっている剣筋を適当にいなしていく。

「領主が領地を失えば何も残らない！　それがわかりませんか⁉」

だから、騎士見習い達は宝盗りディッターという模擬戦を重ねて訓練してきた。

「領地を守るために騎士見習い達には訓練が必要なのです！」

ローゼマイン様の奇策は、騎士見習い達が落ち着いていれば対処できないものではなかった。突然のことにも対応できるだけの訓練が必要なのだ。

だが、私の訴えはレスティラウト様には届かないらしい。ギリッと奥歯を噛み締めて私を睨み、剣を握り直す。

「だが、全ては昔の話だ！　今のユルゲンシュミットには争う力さえない！　故に、そのような訓練は無駄だ！」

政変と粛清によって、国全体の力が急落した。今は他領の土地を狙って討ち入るような余裕のある領地はないだろう。現状では余所の領地を得たとしても負担にしかならない。領主一族の目で見れば、この国の厳しさがよくわかるのだろう。その点は評価する。

「今の状況がずっと続くと考えているところが、まだ子供でいらっしゃる」

「何だと⁉」

大振りになったところで素早く剣を弾いた。回転しながら飛んでいく剣に視線を奪われたレスティラウト様のマントを引き、素早く投げ飛ばして押さえ込む。

「あまり油断していては他領に礎を奪われますよ、レスティラウト様」

「ぐっ……」

「世界をひっくり返すような大きな出来事は、油断した頃に起こるのです」

少なくとも、私が学生の頃はここまで国力が下がる政変が起こるとは考えられていなかった。あの頃は順当に第二王子がグルトリスハイトを譲り受けて、それまでの治世が引き継がれると誰もが思っていたのだ。

だが、第二王子と当時の王が立て続けに急死し、グルトリスハイトは失われ、政変が起こった。第二王子の急死から政変と粛清を経て、現状に至るまでたった十年ほどのことだ。同じような大きな変化がまた起こらないとは誰も言えないだろう。

「ダンケルフェルガーは王の剣《つるぎ》。いかなる事態にも対応できるだけの力を常に蓄《たくわ》えておくことは何より重要です」

「ルーフェン……」

「今回の宝盗りディッターが本物のディッターであれば、レスティラウト様は領地の力、兵力、共に強大でありながら、エーレンフェストを相手に礎を失ったことになるのです」

レスティラウト様を引き起こして、視線を合わせる。

目に力を入れる。わかってほしい。伝われ。

「ローゼマイン様の奇策相手に敗北したことを直視し、己の糧とできなければ……将来、アウブとなったところで貴方は再び同じ敗北を喫するでしょう。今の貴方がすべきことは、騎士見習い達の訓練を邪魔することではなく、ダンケルフェルガーに相応しいアウブの在り方を学ぶことです」

しばらくの睨み合いの後、レスティラウト様は踵《きびす》を返した。

「寮内の護衛は武よりの側近だけで良い。護衛騎士はここに残れ」

「レスティラウト様、それは……」

側近達の声にレスティラウト様が右手を動かして、反論を封じた。

「ルーフェン、私の側近達を含む騎士見習い達の教育は任せた」

「確かに承《うけたまわ》りました」

ヴィルフリート視点

優雅でいられない貴族院生活

私は今どうしたものか、と非常に悩んでいた。

……仕方がなかろう。図書館を餌にすれば、ローゼマインがあれほどやる気を見せたのだ。せっかくなので、一年生全員の合格を狙おうと考えるのは当然のことではないか。

だが、欲張ったのが悪かったらしい。ローゼマインは今、叔父上よりも厳しい教師となっていた。睡眠時間を削って、それぞれの弱点をまとめた資料を渡し、絶対に一発合格するように、と笑顔で凄《すご》んでいる。

私は敵対しているはずの旧ヴェローニカ派のローデリヒに同情してしまい、ローゼマインの行き過ぎを窘《たしな》めると、ローゼマインはきょとんとした顔で首を傾げた。

「追い立てて、追い詰めてでも全員を最速で合格させたいから、一年生全員合格を条件に出したのでしょう？　わたくしは全力で取り掛かると言ったはずです」

……ダメだ。止まらぬ。

「どうしますか、ヴィルフリート様？　ローゼマイン様をお止めしなければ、さすがに一年生が可哀想《かわいそう》です」

……そんなことはわざわざ側近達に言われなくてもわかっている。ローゼマインの止め方がわからないのだ！

私は暴走し始めてしまったローゼマインを止める方法を探して頭を抱えた。私が知っているローゼマインは大人にも指示を出すほど非常に優秀で、常に手本のようだった。このように暴走するところを見るのは初めてで、どうすれば良いのかわからない。

「ヴィルフリート様、コルネリウス様が何ということをしてくれるのかと言っていました。図書館を出されたらローゼマイン様は止まるはずがないそうです」

「私より付き合いの長い実兄に何ともできないものが、私に何とかできるわけがなかろう！　せめて、もっと付き合いが長ければ……ハッ、叔父上だ！」

私はローゼマインのことに詳しい叔父上に宛てて、今の状況とローゼマインの止め方を教えてほしいと木札に書いていく。叔父上ならばきっと何か良い方法を知っているはずだ。

「これを転移陣の部屋にいる騎士に送ってもらうのだ。大至急で頼む」

「かしこまりました」

側仕え見習いのイージドールが木札を持って駆け出した。


「ヴィルフリート様、フェルディナンド様よりお返事が届きました」

「すぐに見せてくれ」

文官のイグナーツが持ってきた木札を急いで読んだ。その内容に私は更に頭を抱えたくなってしまった。

……違うのです、叔父上。私が望んだ答えはこれではありません。

「ヴィルフリート様、何と書かれていましたか？」

期待に満ちた側近達の視線が痛い。私は木札の内容が皆に見えるように裏返して突き出す。

「……其方の側近には文官見習いはいないのか？　それとも、問い合わせの形式も知らぬ能無しがになれ、と」

揃っているのか？　少しは勉強させろ。そして、問い合わせくらいは形式通りに自力で書けるよう

「え？」

ずらずらと並んだ美しい字のお小言の最後にあったのは、「図書館は薬にも猛毒にもなる。ローゼマインに図書館を与える加減は、投薬と同じくらいに難しい。使い方も知らぬ無能が不用意に触れると被害は甚大《じんだい》になる。図書館がかかっているのでなければ、本を与えれば気を逸《そ》らすことはできたであろうが、今回の場合はかかっている物が悪い。一年生に死ぬ気でやらせるしかあるまい。一年生の座学など、どうせ大した量ではない」というありがたくも全く役に立たない助言だった。

「大した量ではないと言っても、一気に覚えられるような量ではないですよ」

「……叔父上は二年間眠っていたローゼマインに叩き込んでいたから、基準がローゼマインなのだ。普通の一年生ではない」

二年間ユレーヴェに浸かっていたくせに、一年生の座学は完璧に覚えていて他の一年生に教えることができるのがローゼマインだ。そのローゼマインを基準にしているならば、叔父上はきっと「弱点の補強だけすれば良い」くらいに考えているに違いない。

「ローゼマイン様もフェルディナンド様も、合格できると本気で思っているのですね」

「うむ。……一年生に詫びるしかあるまい」

ローゼマインの追い詰めは功《こう》を奏《そう》し、涙ながらに詰め込んだ一年生はギリギリの成績だった者も

いたが、全員が合格できた。一年生の一発合格が続いたことで「エーレンフェストはすごい」と他領から注目されたが、誇らしさはどこにもなく、安堵と疲れがどっときた。

それからも、ローゼマインは色々なことをしでかした。

騎獣で先生を襲ったという噂が流れるし、神の意志を採りに行ったら戻って来ないし、図書館登録をしたら魔術具の主になるし、全ての講義に最速かつ最優秀の成績で合格するし、図書館に行き始めたら帰ってこないし、採寸をしたら他領から喧嘩をふっかけられるし、心配しながら留守番していたらディッターで勝利するし、王子から呼び出しを受けるし、大領地の姫君と交流を持つし、図書館に行ったはずなのに王子に呼び出されて意識を失って戻ってくる。

私はどうして良いかわからぬ一つ一つについてエーレンフェストに問い合わせた。講義はシュタープの使い方を除いて終わっているのに、叔父上に添削《てんさく》されて戻ってくる報告書のせいでちっとも勉強から逃れられた気がしない。講義に合格するより、叔父上が満足する報告書を作る方がよほど大変だ。上級生の従兄姉《いとこ》達がまだ講義を終えておらず、私のお茶会がまだ先の予定で助かったとしか思えないまま、私はローゼマインに関する報告書を書いていた。

「やりました！　ヴィルフリート様！」

いつも一緒に報告書を書いている文官見習いのイグナーツが、輝くような笑顔で木札を持って帰ってきた。途中で転移陣の部屋の騎士から定期便を受け取ってきたらしい。

「何か有用な答えがあったか⁉」

ローゼマインが図書館に行ったらアナスタージウス王子に連行され、側近を排した会談中に意識を失った。その報告と王子への対処方法についての質問を送ったのだが、何か良い答えが返ってきたに違いない。私が手を差し出すと、イグナーツは「あ」と呟き、ちょっと困ったように視線を逸らした。

「何だ？」

「いえ、フェルディナンド様からの添削がなく、報告書の形式についてはとても大変結構とあったので、それが嬉しくて、つい……」

「肝心《かんじん》の答えに関してはどうなのだ？」

叔父上に認められて嬉しいような、目指していたのはそれではないという脱力感に襲われるような複雑な気分で、私は木札に目を通した。イグナーツが言う通り、叔父上の筆跡で形式について褒める文言があった後、「体調回復次第、即刻《そっこく》ローゼマインをエーレンフェストに帰還させるように」という一文があった。

「……ローゼマインに帰還命令が出たぞ」

「せっかく上手く報告書が書けるようになったのに、報告対象がいなくなると書くことがなくなりますね」

「報告書を書く必要がなくなったのに、何故其方はガッカリしているのだ？」

ずれた感想を抱くイグナーツに溜息《ためいき》を吐《つ》きつつ、私は木札をもう一度見直す。間違いなく帰還命令が出ている。

……ローゼマインが帰還すれば、少しは私も自分のために時間が使えるのではないか。報告書を準備するための時間を、趣味や社交に使えるようになるに違いない。入学前に思い浮かべた優雅な貴族院生活が近付いていることを感じて、私は立ち上がった。帰還命令を出してくれた父上達に心から感謝したいと思う。

ローゼマインが散々引っ掻《か》き回した対処に追われ、帰還した後の貴族院生活も決して優雅なものではないことを知るのは、まだ先の事である。

ハンネローレ視点

間が悪いのです

シュタープの使い方の講義では、現在紋章入りのシュタープ作りが流行しています。エーレンフェストの領主候補生であるヴィルフリート様が始められたのを皆が真似したがったためです。紋章入りならば他の者とは違うシュタープになりますし、慣れ親しんだ自分の家の紋章ですからハッキリと思い浮かべることができます。他人とは少し違ったシュタープを作ろうと考える学生達に、紋章入りのシュタープが広がっているのです。

わたくしはロートを出したり、オルドナンツを飛ばしたりしてシュタープの練習をしている学生達の中からヴィルフリート様の姿を探しました。この講義でなければ、エーレンフェストの領主候補生と気軽に話のできる場がないのです。

「ハンネローレ様、あちらにいらっしゃいますよ」

一緒に講義を受けているダンケルフェルガーの上級貴族達が笑顔でヴィルフリート様のいらっしゃる方を示しました。示された先では領主候補生の殿方が集まってシュタープを出しては笑い合っています。楽しそうですが、女性の領主候補生はその場にいません。何となく近付きにくいと思うのはわたくしだけでしょうか。

「ハンネローレ様、どうかなさいまして？」

最初の一歩を踏み出せずに躊躇っていると、ダンケルフェルガーの上級貴族達から不思議そうに声をかけられました。側仕え見習いの彼女達は、よほどローゼマイン様とのお茶会を望んでいるのでしょう。笑顔に気迫が籠もっていて、何だかわたくしの筆頭側仕えであるコルドゥラから躊躇っているのを責められているような気分になりました。

……経験を積んで年月が経《た》てば、コルドゥラのようになるのが側仕え見習いですものね。

「レスティラウト様の失礼をお詫びするのですよね？」

彼女達には優秀な側仕え見習いになれる素質があるようです。コルドゥラによく似た笑顔と視線に急《せ》き立てられ、わたくしは大きく息を吸い込みました。

……緊張している場合ではありません。お兄様の失礼をお詫びしなければ……。そのためにもローゼマイン様の様子とお茶会にお誘いしても問題がないか尋ねるのですよね？

わたくしは事前に打ち合わせしていた質問事項や話しかける内容を思い返しながら、ゆっくりと最初の一歩を踏み出しました。


「オルトヴィーン様は紋章を立体化したのですね」

「紋章に使われている神獣が蛇《へび》なので、こうしてシュタープに巻き付く形にすれば立体化してもそれほど魔力の消費量が大きくはないのです」

「なるほど。エーレンフェストの獅子《しし》では立体化は難しいですね」

会話のお邪魔をするのは気が引けるのですが、声をかけなければ何も進みません。わたくしは思いきって声をかけました。

「あの、ヴィルフリート様……」

「ハンネローレ様もシュタープに紋章を付けますか？　ダンケルフェルガーの紋章は鷹《たか》でしたよね？」

振り返ったヴィルフリート様は、仲間が増えたことを喜ぶような笑顔で受け入れてくださいました。どうやら紋章付きのシュタープを一緒に作りたくて声をかけたと思われているようです。違います。そうではありません。誤解されるとお茶会の話が切り出しにくくなるので、わたくしは急いで首を横に振りました。

「ヴィルフリート様が考えられた紋章入りのシュタープは素敵ですけれど、わたくしはいずれ他領に嫁《とつ》ぐ身ですもの。一生使うシュタープに実家の紋章を付けるつもりはありません」

建前です。わたくしは魔力の扱いに関して経験が少なく、あまり器用ではないので何も付いていない普通のシュタープでも形を保っているのが難しいのです。紋章入りなど、とてもできません。

「なるほど、女性にはそういう問題もあるのですか。私は紋章だけでは他の者と変わらないのでオルトヴィーン様の立体化のように、シュタープの形をもう少し捻《ひね》りたいと思っているのです」

自分のシュタープを出して、ヴィルフリート様がむむっと深緑の目で睨みます。どうやらまだシュタープの形に納得していないようです。

……少しでも早く講義を終えたくて仕方がないわたくしと違って、向上心が溢《あふ》れていて素晴らしいではありませんか。

感心しつつ、じっとヴィルフリート様の様子を窺います。一度シュタープを消して一息吐いたところを見計らうと、わたくしはローゼマイン様について尋ねました。

「あの、ヴィルフリート様。ローゼマイン様はいかがお過ごしでしょう？」

わたくしが質問した瞬間、ヴィルフリート様と一緒にシュタープを作っていた領主候補生達が一斉に口を噤《つぐ》んでこちらに視線を向けました。すぐに講義を終えて姿を見せなくなり、王族の遺物の主になったと噂されているローゼマイン様の動向が気になるのでしょう。それとなく女性の領主候補生達も近付いてきます。

「わたくしがお茶会にお誘いしてもご迷惑ではないでしょうか？　お兄様が失礼してしまったようなので、一度お茶会にお誘いして持て成したいと存じます」

わたくしの質問にヴィルフリート様は少しばかり考え込むようにしています。その時、「ダンケルフェルガーがエーレンフェストに失礼を……？」という独り言のような呟きが耳に届いて、わたくしは思わず声のした方を向きました。ドレヴァンヒェルの領主候補生オルトヴィーン様が何やら考え込んでいます。

「領地間ではなく個人的なことです、オルトヴィーン様。お兄様の代わりにわたくしが……というのは不思議に聞こえるかもしれませんね。けれど、わたくしは幼い頃からどうにもお兄様には振り回されてばかりなのです」

領地間の争いと受け取られないように、わたくしはすぐさま否定しました。「困ったお兄様」という雰囲気を出して嘆息すると、オルトヴィーン様が大きく頷きました。

「よくわかります。私も姉上によく振り回されるものですから。もちろん、それほど大きなことではなく、他愛《たわい》ないことばかりですが……」

オルトヴィーン様のお姉様はアドルフィーネ様です。知的で落ち着いた雰囲気の方ですが、弟は振り回されてばかりのようです。

……でも、他愛ないことならば良いですよね。お兄様はよく事を大きくしますから。

兄姉に振り回されているらしいオルトヴィーン様達も同意してくださり、わたくし達が「弟妹は大変ですよね」と共感し合っていると、兄の立場のヴィルフリート様が少し肩身の狭そうな顔になっていました。

「申し訳ございません、ヴィルフリート様。わたくしが質問をしたのに、別のお話で盛り上がってしまって……」

「構いませんが、兄の立場から言わせてもらえば、弟妹も十分にこちらを振り回していますよ。私も妹がしたことの報告で大忙しです」

ヴィルフリート様が不満そうな顔をしているのを見て、オルトヴィーン様が笑いました。

「おや、成績優秀で最も早く講義を終えたローゼマイン様が何か？」

「オルトヴィーン様も知っているでしょう？　乗り込み型の騎獣で先生を脅したという噂が広がったり、シュタープを得るために入った最奥の間で意識を失って倒れたり、図書館の魔術具の主になったり……。頭が痛いものです」

「あぁ、確かにそれは私も対処方法に困ります。エーレンフェストでは兄が苦労するようですね」

「けれど、ローゼマイン様のために奔走《ほんそう》しているヴィルフリート様を想像すると何だかお可愛らしく感じられますね。妹思いですこと」

クスクスと穏やかな笑いが広がったところで、ヴィルフリート様がわたくしを見ました。

「ハンネローレ様、ローゼマインの最近の様子とお茶会への誘いですが……ローゼマインは講義を終えてから毎日図書館で過ごしています。その間に先生方やクラッセンブルクともお茶会をしているようですから、ハンネローレ様にお誘いをいただいても迷惑ではないはずです。ダンケルフェルガーにお誘いいただき光栄です」

快いお返事にわたくしは安堵の息を吐きましたが、ヴィルフリート様は少しだけ表情を曇らせました。

「……ただ、ローゼマインは冬の半ばにはエーレンフェストに戻ることが決まっているので、あまり時間の余裕はないと思います」

「ありがとう存じます」

お茶会にお誘いをしても問題ないということなので、後はわたくしが図書館でローゼマイン様と個人的に面識を得てお茶会に招けば、側仕え達がローゼマイン様の側近と連絡を取って準備してくれるでしょう。わたくしは胸を撫で下ろして「素敵なシュタープを作ってくださいね」とその場を去り、ダンケルフェルガーの青いマントが固まっているところへ戻りました。

側仕え見習い達がうきうきとした様子でわたくしに近付いてきます。何故か騎士見習い達もシュタープの練習をおいて、様子を見に来ています。その中にはお兄様に余計なことを言ってしまったラザンタルクもいました。彼が遠慮がちに口を開きます。

「ハンネローレ様、エーレンフェストから色よいお返事をいただけたのですか？」

「えぇ、お誘いしても大丈夫だそうです。今はローゼマイン様が図書館へ通っているそうなので、図書館で面識を得たいと思います」

わたくしが答えると、ラザンタルクはホッとしたように肩の力を抜き、側仕え見習い達は嬉しそうな笑顔になりました。

「わたくし達では他領の領主候補生へ気軽に声をかけることができませんもの。ハンネローレ様、よろしくお願いします」

側仕え見習い達は「ディッターの奇策をどのように思い付いたのか尋ねたいですね」「髪飾りについて尋ねようかしら？」「それよりもあの髪の艶をどのように維持しているのか……」と小鳥がさえずるように話し合いながら離れていきます。彼女達の頭の中はもうお茶会の準備でいっぱいでしょう。

「ハンネローレ様、大変申し訳ございません。ご迷惑をおかけします」

「もう良いのですよ、ラザンタルク。お兄様の行動の後始末には慣れていますから……。ただ、貴族院という他領の方々がいる中での後始末が初めてで戸惑うだけです」

お兄様が何かした時に何故かわたくしまで一緒にお母様に叱られたり、後始末に奔走することになったりするのは、今に始まったことではありません。それには慣れています。

……別に慣れたいことではないのですけれど。

ローゼマイン様がエーレンフェストへ戻られる前に謝罪だけでも、と考えて、わたくしは自由時間を見つけて図書館へ向かいました。それがヴィルフリート様から情報を得た数日後になってしまったのは、わたくしにそれほどの自由時間がないためです。すぐに講義を終えたローゼマイン様と違ってわたくしにはまだ講義がたくさん残っています。

わたくしは図書館をぐるりと回り、ハァと落胆の息を吐きました。残念ながらローゼマイン様のお姿は見られませんでした。

「本日はクラッセンブルクのエグランティーヌ様とお茶会だったようです。文官見習いからそのような報告を受けました」

……間が悪かったようですね。

けれど、他領のお茶会の予定を全て把握するのは難しいので、仕方がありません。次の機会を待ちましょう。

「コルドゥラ、わたくしが次に図書館に向かえるのはいつかしら？」

「三日後ですね。ハンネローレ様も早く講義を終えられると自由時間が増えますよ」

座学はともかく実技があまり得意ではないのです。騎獣もまだわたくしは上手くシュミルの形を作れません。

……便利そうだったので乗り込み型の騎獣を作りたいのですけれど。

三日後、やっと自由時間を得て、わたくしはまた図書館へ向かいました。けれど、その途中でアナスタージウス王子に連れられてどこかへ移動するローゼマイン様を見つけ、思わず肩を落としてしまいました。

……あぁ、今日もまた謝罪できませんでした。今度こそ時の女神ドレッファングーアの御加護《ごかご》がありますように。

ローゼマイン様はお顔の色があまり良くない状態で、アナスタージウス王子に少しずつ離されながら歩いています。その様子を見れば、不本意な形での呼び出しであることはすぐにわかりました。王族の呼び出しを受けるという状況を想像するだけで、こちらまでハラハラしてしまいます。

その次の日にも図書館に行ったのですが、ローゼマイン様の姿は見られませんでした。わたくしの文官見習いに情報を集めてもらったところ、臥《ふ》せっているそうです。

「ハンネローレ様、もう直接会うのは諦めて、お茶会の招待状をお出しした方が良いのではありませんか？　間が悪すぎます」

コルドゥラの意見にわたくしは少し考えました。講義でご一緒したことがあるといっても、少しずつ親しくなってきた他の領主候補生と違って、ローゼマイン様とは個人的に一度も話したことがなく、ご迷惑をかけただけで全く面識がないに等しいのです。

せめて、一度きちんと面識を得てからお茶会に招待したかったのですけれど、このままでは謝罪することもできずにローゼマイン様がエーレンフェストへ戻られてしまいます。

「……コルドゥラ、エーレンフェストにお茶会の招待状を出してちょうだい。個人的に面識を得ているわけではないので、エーレンフェストの領主候補生宛てでお願いしますね」

「かしこまりました」

コルドゥラにお茶会の設定を任せ、わたくしはローゼマイン様の回復をお祈りしつつ、頑張って勉強していました。少しでも自由時間を作りたいと思ったのです。

「ハンネローレ様、図書館にローゼマイン様が現れたそうです」

「すぐに参りましょう」

わたくしは本を片付けると、図書館へ早足で向かいました。側仕え、文官見習い、護衛騎士見習いと側近をぞろぞろと連れて歩くことになるので、領主候補生は普通あまり図書館へ足を運びません。文官見習いに言いつけて、読みたい本を借りてきてもらうのです。

……ローゼマイン様は何故図書館で読書をするのでしょう？

領主候補生が図書館へ日参すれば、キャレルを借りたい下級貴族もお供をする側近も困るでしょう。側近達にも講義があるのですから、ローゼマイン様の図書館へ毎日お供するのは大変だと思うのです。

……もしかすると、ローゼマイン様の側近は全員講義を終えてしまっているのでしょうか？　それとも、あの大きなシュミルの主になると、一定の時間を図書館で過ごさなければならない決まりでもあるのでしょうか？

よく考えてみると、シュミル達の主は今まで中央の上級貴族の司書だったので、図書館にいる時間も必要なのかもしれません。

……わたくしに主は無理でしたね。

そんなことを考えているうちに図書館へ着いたのですが、一階の閲覧室にローゼマイン様の姿は見当たりません。図書館をきょろきょろと見回していると、ソランジュ先生がこちらへ近付いていらっしゃいました。

「ダンケルフェルガーのハンネローレ様、何かお探しでしょうか？」

「エーレンフェストのローゼマイン様がいらっしゃると伺ったのです」

「ローゼマイン様はもう寮へお戻りになりましたよ。体調を崩したため、予定よりも早くエーレンフェストへ帰還することになったと伝えに来てくださっただけなのです」

「……そ、そうですか。……わざわざ知らせてくださってありがとう存じます」

笑顔を崩さずに返事ができたことを褒めてもらいたいくらいの衝撃でした。これほど図書館へ足を運んで探していたのに、間に合わなかったのですから。

……何ということでしょう!? 謝罪する前に帰還されてしまうなんて！ わたくし、実は時の女神ドレッファングーアに嫌われているのかもしれません。

その場でうずくまりたくなる気持ちを抑えて、わたくしは寮へ戻りました。自室でガックリと項《うな》垂《だ》れていると、コルドゥラは「仕方がありません」と言いながら、ゆっくりと首を横に振ります。

「間が悪かったのです、姫様」

「コルドゥラ、ちっとも慰めになりませんわ」

……本当に、わたくしの間の悪さ、何とかならないものでしょうか。

落ち込んだわたくしが更に落ち込むことになる事態は、それから先、何度もありました。

まず、ローゼマイン様宛てに出したつもりのお茶会の誘いが、ヴィルフリート様に届いてしまった時です。ダンケルフェルガーの領主候補生に誘われ、断れるはずがありません。

こちらからお断りできれば良かったのですが、エーレンフェストの流行に興味がある女子生徒の期待の目を受けながら、お茶会を中止にすることなど気の小さいわたくしにはできませんでした。

……申し訳ございません、ヴィルフリート様！

それから、わたくしのお茶会に参加したために、ヴィルフリート様が他の方のお茶会にも参加せざるを得なくなったと知った時にも落ち込みました。女性ばかりのお茶会に居心地悪そうに、しかし、笑顔を忘れずに当たり障りなく受け答えをしているヴィルフリート様に心の中で謝り倒したものです。

……こんなことになるとは思っていなかったのです、ヴィルフリート様！

ルーフェン先生がエーレンフェストにディッター再戦を申し込んだことを知らされた時には気が遠くなりました。ローゼマイン様の奇策を絶賛していたので、まさかローゼマイン様の帰還中に再戦を申し込むとは考えていなかったのです。おそらくルーフェン先生はローゼマイン様が帰還したことを知らなかったのでしょう。

……重ね重ね申し訳ございません、ヴィルフリート様！

わたくし、少しで良いのです。ほんの少しで良いので、時の女神ドレッファングーアの御加護を賜《たまわ》りたく存じます。

ヴィルフリート視点 女のお茶会

ローゼマインは父上からの帰還命令が届いても往生際《おうじょうぎわ》が悪く、準備に時間がかかると言いながら三日ほど出発を遅らせていた。けれど、とうとうローゼマインは帰還した。

貴族院が始まってからというもの、「何がどうなったらそうなるのだ!?」と何度頭を抱えたことだろうか。図書館へ行くために暴走し、王族や上位領地とわけがわからない繋がりを作り、父上達を怒らせた妹がいなくなったのだ。これで私はやっとゆっくり過ごせるだろう。

「ほとんどの講義を終えているのに、ローゼマインの報告書を書くのが忙しく、これまでは自由時間が増えたような気が全くしなかったからな。これからの私は自由だ」

「報告書を送る必要もなくなりましたから、私も少し講義に集中できそうです」

私と一緒に叔父上へ報告書を書いていたイグナーツ達も胸を撫で下ろしている。ローゼマインが様々なことをやらかすせいで、私の側近達まで振り回されていた。そのせいで講義を終えている側近が少なく、私は自由時間があってもなかなか寮から出られないのだ。

「其方等はなるべく早く講義を終えてくれ」

「かしこまりました」

ただ、私が解放感に浸っていられたのはその日の夕方までだった。私の側近である三年生の側仕え見習いイージドールがダンケルフェルガーからの招待状を持って来たのである。

「お茶会の招待状だと？　そういえばハンネローレ様がローゼマインを招待したいと言っていたな」

シュタープの実技の時にダンケルフェルガーの領主候補生ハンネローレ様からローゼマインの予定を尋ねられたことを思い出す。

「ヴィルフリート様、私はそのような報告を受けていませんが……」

「すまぬ。講義中の雑談のようなものであったし、ローゼマインに関わることだったので其方に報告の必要はないと思っていた」

オズヴァルトに苦い顔をされ、私は謝って詳しい報告をする。

「レスティラウト様が失礼なことをしたのでローゼマインを招いて持て成したいと言っていた。そのお誘いだろう。残念ながらハンネローレ様は間に合わなかったようだが……」

私は手元の招待状を見下ろした。ハンネローレ様はガッカリされるだろうが、仕方がない。

「イージドール、ローゼマインはすでに帰還したのだから、断りの返事をするようにあちらの側近に渡しておけ。妹宛ての招待状を私に持ってこられても困るぞ」

ローゼマインの側近が全員一緒に帰還したわけではない。ローゼマインの用件は彼女の側近が行えば良い。私は招待状を返そうとした。けれど、イージドールは受け取ろうとせずにオズヴァルトと視線を交わす。

「いえ、これはヴィルフリート様が参加しなければならない招待状です」

「……何故そうなる？　ハンネローレ様はローゼマインを招待したいと言っていたのだ。ローゼマインがいないからといって、私が参加してはハンネローレ様も困るだろう」

ハンネローレ様が気にしていた相手はローゼマインだった。私の都合については特に尋ねられなかったのだ。私がそう言ってもイージドールは意見を変えなかった。筆頭側仕えのオズヴァルトも困ったように腕を組んだ。

「ヴィルフリート様、ここをよくご覧ください。この招待状はローゼマイン様個人を指名したものではなく、エーレンフェストの領主候補生宛てになっています。領主候補生であるヴィルフリート様がいらっしゃる以上、お断りするのは失礼に当たります」

……何だと⁉

最初から男性を招くつもりのお茶会ならばまだしも、女同士の会話をするつもりだったお茶会に私が参加するのは非常に気まずいものだ。それなのに断れないらしい。

「……私はローゼマインが帰還することを伝えてあったのだが、それでも断れぬものか？　その、ハンネローレ様はローゼマイン宛てのつもりだったのだから、女性ばかりのお茶会であろう？」

私が尻込みしながらそう言うと、オズヴァルトは「そういう問題ではございません」と首を横に振った。

「先程のヴィルフリート様の報告によると、レスティラウト様が失礼をしたのでお茶会に招いて持て成したいとハンネローレ様はおっしゃったのですよね？　また、これを機会に交流を深めたい、と招待状には書かれています」

「そうだが……」

「つまり、宝盗りディッターに発展した図書館の魔術具の一件はダンケルフェルガーに非があるとハンネローレ様は認識されていらっしゃって、そのお詫びがしたいとお考えなのでしょう」

私はオズヴァルトの意見に頷く。ダンケルフェルガー全体が図書館の魔術具に執着《しゅうちゃく》していたら、再び面倒なことが起こるのではないかと思っていた。だが、領主候補生のハンネローレ様が一連の事態を良くないことだと認識していれば、これからはレスティラウト様を止めてくれるかもしれない。

「良い傾向ではないか」

「はい。今後ハンネローレ様がエーレンフェストの味方になってくださる可能性が高いと思えば良い傾向です。けれど、注意しなければならない点がございます」

オズヴァルトはそう言いながら招待状の差出人を指差した。そこにはハンネローレ様の個人名が書かれている。

「招待主がハンネローレ様の個人名です。ダンケルフェルガーの領地名でも、騒動を起こしたレスティラウト様との連名でもありません。つまり、レスティラウト様は今回の件で非を認めていらっしゃらず、あくまでもハンネローレ様個人の認識で失礼なことをしたということになります」

ふむふむと頷いて聞いてはいるが、いくら何でも差出人の名前一つに意味を持たせすぎではないだろうか。招待状だけでそこまで読み取れと言われても困る。

「この招待をヴィルフリート様がお断りするのは、ハンネローレ様の個人的な謝罪さえエーレンフェストは受け入れる気がないという意味になります」

「何だと!?」

「招待状の宛て先は個人宛てではなく、エーレンフェストになっているでしょう？　ヴィルフリート様がお断りすると、領地全体がダンケルフェルガーへ強固な態度を取ってしまうことに繋がります。ローゼマイン様がいらっしゃらない以上、ヴィルフリート様は必ず出席しなければなりません」

淡々と説明するオズヴァルトの言葉に頭がくらりとした。お茶会一つでそこまで領地の関係が変わるとは全く考えていなかった。

「だが、エーレンフェストのお茶会ではそのような……」

「領地内のお茶会で変化するのは派閥関係で、貴族院では領地関係です。ですから、ローゼマイン様のように気軽な言動で王族や上位領地と交流を持たれると困ります。今回の件も、事の発端《ほったん》はローゼマイン様がダンケルフェルガーに主の座を譲らなかったことでしょう？　魔術具にこだわらず、領地の順位に従っていれば争い自体が起こりませんでした」

オズヴァルトから身分差やその場の流れに逆らわないことの重要性を懇々《こんこん》と説明された。エーレンフェストの順位は今のところ中位だが、政変前は下位だったそうだ。だからこそ、政変を機に順位の下がった領地から妬まれている。不用意に目立たないことも社交の上では大事だそうだ。

……それではローゼマインに貴族院での社交など無理ではないか？

幼いままの外見から人の集まる場に出るだけで注目され、講義を受けるだけであれだけ次々と報告することが起こるのだ。

「こちらの招待状はエーレンフェストの領主候補生宛てですから、先方としてはエーレンフェストに謝罪を受け入れてもらうことを何より重視しているのでしょう。ローゼマイン様でなければ、とハンネローレ様がお考えでしたら個人宛てで招待状を出してくださったはずです」

「……いや、違う。おそらくハンネローレ様はローゼマインと面識がないのだ」

個人的な面識を得ていなければ、個人宛てで招待状は出せない。だから、領地宛てになったのだと思う。私の推測にオズヴァルトが不思議そうな顔で腕を組んだ。

「ヴィルフリート様、ハンネローレ様は一年生とおっしゃいましたよね？」

「うむ、その通りだ」

「では、何故同じ講義を取っていて、同じ教室で過ごしていたはずのお二人に全く面識がないのでしょう？　学年や性別が違うならばまだしも、同学年の同性の領主候補生ですが……」

オズヴァルトのあまりにも常識的な意見に側近達は同意しているが、唯一私と同じ講義に出席している一年生の騎士見習いグレゴールだけは私を見て頷いた。

「面識がなくても不思議はないと思われます。ローゼマイン様はほとんどの講義に最初の一度しか出ていませんから。……それに、他領の学生と交流を持っている様子も見たことがございません」

グレゴールの意見に私は頷く。ローゼマインは座学だけではなく、実技もほとんど一度で終えている。当人は合格することだけで頭がいっぱいのようで、他領の学生と話をするということは全く考えていないと思う。

同じ講義に出ていた者と個人的な面識を持っていないのに、王族やクラッセンブルクのエグランティーヌ様とは親交があり、図書館には日参しているのである。あまりにもローゼマインの交遊関係は特殊すぎると思う。だが、ローゼマインの特殊性を再認識したところで、状況は変わらない。私はダンケルフェルガーのお茶会に参加しなければならないのだ。

「……不本意だが仕方ない。お茶会には私が出向くとしよう。しかし、私は女性のお茶会など、おばあ様のところに来客があった時や、母上やシャルロッテと行う家族のお茶会くらいしか出席したことがないぞ。大丈夫だろうか？」

私が側近達を見ると、皆が不安そうに顔を見合わせた。オズヴァルトが溜息混じりに発言する。

「ヴィルフリート様、不安に思うのは我々側近も同じです。側仕えとして一通りは女性の社交も学んでいますが、長らく女性ばかりのお茶会に参加したことがございません。女性の流行や内輪だけの常識は短期間に変化が大きいものです。おまけに、相手は例年ならばエーレンフェストを歯牙《しが》にもかけない大領地です」

オズヴァルトを始め、私の側仕えは男性ばかりだ。女性の社交に詳しい者がいない。私達だけでは女性向けの社交に不足があることも考えられる。

「どうすれば良いのだ？」

「寮に残っているローゼマイン様の側仕え見習いに協力を要請してはいかがでしょうか？　彼女達はアナスタージウス王子やクラッセンブルクの領主候補生とのお茶会を経験していますし、ローゼマイン様からも協力するように命じられていたはずです。それに、彼女達は主と共に図書館へ通っていたくらいです。講義もほとんど終わっているでしょう」

あのように毎日図書館に通っては側近達の負担が大きかろうとローゼマインの行動には眉をひそめていたが、ローゼマインの暴走が役に立つこともあるようだ。

「うむ。講義のほとんどが終わっていて時間が余っている側近達がいるならば、ちょうど良いな。元々ローゼマインが行くはずだったお茶会だ。ダンケルフェルガーとのお茶会については、あちらの側近に一任するとしよう」

こうして私はお茶会の準備をローゼマインの側仕え見習いに一任することにした。私の側近達はまだ終えていない講義も多いので、時間が空いている彼女達に動いてもらうことは実に合理的だ。

「ダンケルフェルガーのお茶会に参加できて嬉しく思います」

「ヴィルフリート様にはご負担かもしれませんが、参加いただけて嬉しいです」

ハンネローレ様の赤い目がわずかに伏せられて、彼女が申し訳なく思っている気持ちが伝わってくる。私はちらりとお茶会室を見回した。私以外に男性の姿はない。淡い期待は完全に消えた。

「レスティラウト様はいらっしゃらないのですね」

「……申し訳ございません。わたくしの個人的なお茶会ですから」

「いえ、わかっています。わかっていました。お気になさらず……」

私はゆっくりと深呼吸すると、気合いを入れて勧められた席に向かった。何を狙っているのか、目をギラギラとさせた女性陣に囲まれて怯《ひる》みそうになるが、胸を張って笑顔を浮かべる。

……大丈夫だ。叔父上よりは怖くない。叔父上よりは怖くない。

呪文のように心の中で唱えながら、私はちらりと側仕え達の動きを見た。ローゼマインの側仕え見習いがダンケルフェルガーの側近に手土産《てみやげ》を渡したり、文官見習いがペンを準備したりする様子が見えた。クラッセンブルクとのお茶会を経験しているからだろう。慣れた様子に見える。頼もしいことだ。女性ばかりのお茶会に息を呑《の》んでいる私の側近達の代わりに頑張ってほしいものである。

「まぁ、ヴィルフリート様。こちらのお菓子も新しいエーレンフェストの流行ですの？」

「はい、カトルカールといいます」

「二種類の味がございますけれど、どちらも同じお菓子ですか？　このように変化があるなんて不思議ですこと」

「は、はい。同じお菓子です」

……まずい。話が続かぬ。

カトルカールはローゼマインが考案し、エーレンフェストで流行っているお菓子だ。何度か城で食べたことがあるけれど、私はカトルカールにどれだけの種類があるのか、今日は何の味が準備されているのかわからない。正確には、お茶会の前情報として「プレーンとルムトプフ」と言われていたが、どちらがどちらなのだろうか。

普段ならば振り返ってオズヴァルトに尋ねれば解決するが、他領のお茶会室で振り返って話し合いなどできない。側仕えにできるのは、お茶のおかわりの時などに少し助言をするくらいだ。

私はカップを少しだけ持ち上げる。お茶を淹《い》れかえてほしい時の合図だ。背後に控えていたオズヴァルトがカップを取るために「失礼いたします、ヴィルフリート様」と声をかけてきた。

……今だ！

「プレーンとはどちらだ？」

私は客人に笑顔を浮かべたまま、オズヴァルトだけに聞こえるように小声で素早く尋ねた。オズヴァルトは表情を変えずに少し下がってお茶を淹れかえ、湯気の立つカップを持ってくる。

「何も入っていない方です」

……よし。何も入っていない方がプレーンで、入っている方がルムトプフだな。

それにしてもローゼマインは何故そのようなわかりにくい名前をつけるのだろうか。聞いても原材料名が全くわからない。非常に不親切な呼び名である。

「ヴィルフリート様、こちらは何を使って味をつけているのでしょう？」

「そちらはルムトプフです」

……む？　ちょっと待て。ルムトプフを使って味をつけているので間違いないのか？　ルムトプフとは何だ？

頭の中で疑問符が飛び交った瞬間、同じ疑問を抱いたのか、隣の席の女性が尋ねてきた。

「あの、ルムトプフとは何でしょう？　お酒の風味が強いのですね。殿方がお好みになる味なのでしょうか？」

……オズヴァルト！　ルムトプフとは何だ⁉

先程お茶を淹れかえてもらったばかりだ。もう一度淹れかえてもらうことはできない。ここは自分だけで乗り切らなければならない局面である。とりあえず、私は笑顔を向けた。

「そうですね。私は好んでいますが、女性はあまりお好みになりませんか？　次回は女性向きにお酒の風味がない物にいたしましょう」

「まぁ、楽しみにしていますね」

……やった。私は切り抜けたぞー！

ずっと崖っぷちに立たされているような気分だったが、それでもまだ自分で食べたことのあるカトルカールが話題の時はマシだった。曖昧《あいまい》なやりとりでも何とか誤魔化《ごまか》すことができる。女性陣も実際に食べているので、何となく答えを逸らしても頷いてくれた。だが、髪飾りやリンシャンに話題が移ると、女性陣の空気が一気に変わった。

「親睦会《しんぼくかい》ではエーレンフェストの女子学生の髪に皆が注目していましたよ。一体何を使えばあのような艶のある髪になるのでしょう？」

「どのように作るのですか？　あぁ、それは秘密ですよね？　新しいエーレンフェストの流行としてこれから先の販売が決まっているのでしょうか？　ぜひ手に入れたいものです」

「わたくし、ローゼマイン様がつけていらっしゃった髪飾りが素敵だと思いました。職人に注文することはできまして？」

これらの質問が一度に発せられるのだ。待ってくれ。聞き取れない。聞き取れても答えられぬ。取り引きについて決めるのは父上だ。私ではない。実物が見たいとか試してみたいという言葉の合間で使用感を問われたが、私に女性向け商品の使用感を尋ねられても困る。

とりあえず笑顔だけは絶やさずに、おばあ様を持ち上げて褒めていた時のノリでやり過ごし、「ローゼマインが戻ってからぜひお誘いください」と繰り返した。


……やっと終わった。

お茶会の準備は手伝ってくれたが、ローゼマインの側近は会話の受け答えに必要な情報は一切くれなかった。しかも、お茶会中は側仕え同士、文官同士の情報交換に熱中していたのである。主の代理である私があれほど困っていたというのに、こちらには全く視線を向けず、助けてくれなかった。

……本来ならば、其方等の主が出席するはずだったお茶会だぞ！　こちらは予定のなかった女性ばかりのお茶会で苦労していたのに、主の代理に対してもう少し気を利かせぬか！

大いに不満はあったが、年若い者を指導する立場のリヒャルダや主であるローゼマインがいない中、立場を飛び越えて私が注意するのは良くないとオズヴァルトに言われたので止めた。

一度きりのことだと思ったのでわざわざ注意するのは……と私も怒りを抑えたが、次から次へと招待状が届くようになった。

「……ローゼマインは不在だとあれだけお茶会で主張したのに何故だ？」

「ヴィルフリート様が女性のお茶会もこなすことができると一定の評価を得たからではないでしょうか？　もしくは、それだけリンシャンやカトルカールが珍しく、他の領地より少しでも早く情報を手にしたいのかもしれません」

貴族院の本来の社交シーズンは、多くの者の講義が終わる後半だ。今の時期に何度もお茶会をして社交をしている者は少ない。

「……オズヴァルト、私はこれらに出席せねばならぬのか？」

「はい。今回はヴィルフリート様宛ての招待状ですから」

オズヴァルトが手にしている招待状を睨んで「ぐぬぅ……」と唸《うな》ってみても数は減らない。

こうして、ローゼマインがいないせいで、私は何度も女性ばかりのお茶会に出なければならなくなったのである。付き合わされる私の側近達も大変だ。

「……女性ばかりのお茶会は疲れるな。男の社交をしたいものだ」

「お気持ちはよくわかります」

本来ならばローゼマインが出席しなければならないお茶会に私がこれほど協力しているというのに、なんとローゼマインの側仕え見習いがそれとなくオズヴァルトに不満を零してきたらしい。

「ヴィルフリート様は自分達の主ではないのに、用件を頼みすぎだという意見でした。お茶会の誘いを不用意に受けず、少しは断ってほしいそうです」

「何を言い出すのだ、その者は？　直接の主ではなくても私は領主一族であり、ローゼマインがいない今、私が寮内を統《す》べる存在ではないか」

「その通りです。命じられれば彼女達に拒否はできないでしょう」

オズヴァルトの言葉に私は頷いた。命じられた分は動いているが、ローゼマインの側近はどうにも気働きが足りない。上の者の意図をもう少し察することができるようになってほしいものだ。

「それにしても、同じフロレンツィア派の貴族だぞ。もう少し協力的になってほしいものだな」

「彼女達はフロレンツィア派というよりはライゼガング派閥なのでしょう。ライゼガング派閥は昔から領主一族に無理難題を言ったり、対立したりすることが多かった派閥です」

アーレンスバッハから嫁いできた姫君を受け入れようとしなかったり、幼い頃のおばあ様をいじめたり、何とか父上にライゼガング派閥の姫君を第二夫人として嫁がせようと画策しておばあ様を怒らせたりとずいぶん昔から色々とあったらしい。

「一族の娘であるローゼマイン様が領主の養女となったことで、ライゼガング系の貴族が更に増長する可能性は高いと思われます。ですが、領主一族は彼女達の上に立つ者だと認識させなければなりません。ヴィルフリート様は毅然《きぜん》とした対応をお願いします」

「……ローゼマインは自分の側近に対する躾《しつけ》が足りていないのではないか？」

私の側近に学習進度のことでリヒャルダと二人がかりで文句を言っていたことをありありと覚えている。偉そうなことを言っていた割に、自分の側近の教育はさっぱりではないか。

「ヴィルフリート様、ライゼガング系の貴族が少々厄介なことと、ローゼマイン様の教育が足りぬ点は別にお考えください」

「む？　どういう意味だ？」

「彼女達は貴族院へ来てから決まった側近です。側近を決めてから帰還するまでにどれだけの時間がありましたか？　一月《ひとつき》程度です。多くのことを望んではなりません」

少々気が利かぬところが目立つが、側近になって一月程度と考えれば仕方ない気がした。早くから私に仕えてくれている自分の側近と比べてはならないだろう。

……今はこちらが我慢しなければならないようだが、来年までには少し成長していてほしいものだ。

私は「怒っても仕方ないことだ」と自分に言い聞かせ、新しく届いたお茶会の誘いに承諾の返事を書いた。

アンゲリカ視点
神殿の護衛騎士

「お父様、お母様。奉納式の期間は神殿に泊まり込んでも構いませんか？　最も吹雪《ふぶき》が強くなる時期なので、毎日の行き来をローゼマイン様が心配しているのです」

神殿での護衛に就くことはフェルディナンド様や騎士団長から許可が出ました。けれど、神殿に泊まり込むことについては、両親の許可を得るように言われています。両親は基本的に禁止ばかり口にするので気は進みませんが、わたくしはひとまず尋ねました。

「神殿は結婚前の貴族女性が行くところではないでしょう？　そんなところにアンゲリカが連日泊まり込むなんて……。大丈夫なのですか？」

お母様から心配そうに問われ、わたくしは首を傾げました。神殿に泊まることに何か問題があるのでしょうか。

「ローゼマイン様も結婚前の貴族女性ですが、神殿でお育ちです。それに、わたくしはローゼマイン様の護衛騎士なので、主のいらっしゃるところへ赴《おもむ》くのは当然だと思います。お母様が心配するように神殿は危険なところなのでしょうか？　ならば、わたくしは尚更ローゼマイン様のお側を離れるわけには参りません」

初めて神殿へ行った時は灰色神官の側仕え達と顔合わせをし、ダームエルから仕事の説明を受けただけで特に危険はありませんでした。その後は師匠であるボニファティウス様との訓練という名の尋問会があり、神殿へは数日間行っていません。わたくしの師匠はローゼマイン様が大好きで、貴族院での様子をとても聞きたがるのです。

やっと師匠から神殿へ行く許可が出たのですが、両親が心配するほど神殿が危険なところならば警戒を強めておく必要があります。どのような危険が潜んでいるのか事前に知っておくことは重要です。わたくしがシュティンルークに触れると、お父様が「其方が考えているような危険ではない」と手を軽く振って息を吐きました。

「確かに噂は心配だが、神殿はずいぶんと様変わりしたようだ。神殿長がローゼマイン様に代替わりし、フェルディナンド様が神官長として目を光らせていること。それから、ユレーヴェに浸かっていたローゼマイン様を守るために二年近く貴族の出入りを禁じたことが大きいのだろう」

「……そうなのですか。何となくわかったような気がします」

わたくしは以前の神殿については興味がないので全く存じませんが、ローゼマイン様のおかげで色々変わったそうです。子供部屋の様子が変わったのと同じでしょう、きっと。

「それに、護衛騎士に任命される時に神殿へ出入りできることが条件だっただろう？　私はアンゲリカが泊まり込んでも構わないと思っている」

「出入りと泊まり込みは違うでしょう？」

せっかくお父様が許可を出してくださったのに、お母様が反対しています。こういう時にわたくしが何か言うと、お母様が反対の声を大きくすることはよく知っています。お母様の感情が収まるのをじっと待つのが一番です。わたくしは黙ったまま、じっとお父様を見つめました。

「アンゲリカが冬の半ばに貴族院の講義を全て終えたくらいだ。ローゼマイン様が気を配ってくださったことがよくわかる。ローゼマイン様が泊まり込みを希望していらっしゃるならば、そのお心に沿うことが側近の役目だ。其方の残りの時間は主のために使いなさい」

「はい、お父様」

魔力圧縮の第四段階を教えてくださると発破《はっぱ》をかけてくださったローゼマイン様のことを思い出し、わたくしは大きく頷きました。あのご褒美がなければ、わたくしはローゼマイン様と一緒に帰還できなかったに違いありません。

「でも、神殿に泊まり込めばアンゲリカの婚約者がどのように思うでしょうか……」

「ボニファティウス様の後押しで婚約者がトラウゴット様に決まったのだ。噂程度で取り消されることはないだろう。私個人の考えとしては、神殿に出入りする娘という噂で婚約解消ができた方がよほど安心できるくらいだ」

お父様が肩を落とすと、お母様もわたくしを見て困ったような笑みを浮かべました。こういう時、わたくしは両親の期待に応えられない自分に少し気が重くなります。けれど、今回は違います。わたくしは胸を張りました。わたくしでも両親の希望を叶えることができるのです。

「お父様、お母様。ご安心くださいませ。トラウゴット様がローゼマイン様の護衛騎士を辞任したため、わたくしとの婚約は解消されます。親族会議で詳しいことが決まれば連絡するので待っていてほしい、とリヒャルダやボニファティウス様がおっしゃいました」

「……は？」

両親が揃って大きく目を見開いてわたくしを凝視しました。どう見ても婚約解消を喜ぶ顔ではありません。危険な匂いのする驚き顔です。

……どうしましょう？

声が出ないくらいの驚き顔は前触れです。答えられない質問を何度も重ねてくる苦痛の時間の始まりに違いありません。わたくしは両親が口を開くより先に踵を返し、城の騎士寮へ向かって騎獣で飛び出しました。お父様から泊まり込みの許可は得たのです。無駄な時間は使えません。

……危ないところでした。

両親から逃げ出したわたくしは騎士寮でダームエルと合流し、神殿へ向かいました。

「アンゲリカ、何だか久し振りですね」

ローゼマイン様が笑顔で迎えてくれます。確かな自分の居場所があるからでしょうか。わたくしは護衛任務に就いている時が一番自分らしくいられる気がします。

ローゼマイン様は神殿でもフェシュピールの練習をしていました。楽師がいないのに真面目に復習する姿を見ていると、領主候補生は本当に大変なのだと思います。わたくしが領主候補生の合格点を求められたら、とても貴族院を卒業できなかったでしょう。

三の鐘が鳴りました。ローゼマイン様はフェルディナンド様のお手伝いをするために神官長室へ移動します。わたくしもダームエルも護衛騎士として付き従いました。ローゼマイン様の前に次々と書類が積み重ねられていきます。大人と同じくらい積まれているのに、ローゼマイン様は当たり前のような顔で「計算仕事くらいしか手伝えない」と言っています。

「これだけ計算をするなんて素晴らしいと思います」

貴族院に入ったばかりで大人と同じくらいの仕事を片付けられるローゼマイン様の有能さに、わたくしが感嘆の息を吐いていられたのは、フェルディナンド様が指示を出すまでの間でした。

「エックハルトはこれ、ダームエルはあちらでこれを、アンゲリカはダームエルと一緒に……」

「わたくしは護衛騎士として扉を死守いたします」

書類仕事を任されそうになったわたくしは、急いで扉に貼り付きました。護衛騎士が計算仕事をするなんて聞いていません。やっと貴族院を終わらせて勉強から逃れられたのです。何が何でも拒否しようと決意を固めていると、フェルディナンド様は「無能に仕事をさせようとするだけ時間の無駄だ。始めるぞ」とわたくしを除いた皆に声をかけてお仕事を始めました。

……フェルディナンド様は素晴らしい方ですね。

無駄な時間を使わない合理的な性格に感心しました。わたくしは計算仕事などできません。二度手間になる、とお父様達にはいつも渋い顔をされるのです。それなのに、両親や親族は何故かわたくしに書類仕事をさせたがります。そして、後で計算が遅いとか間違いが多いと言って不機嫌になり、やり直さなければならないとか二度手間だと文句を言うのです。何度も同じことをさせて、同じ文句を言うことが無駄だとわからないことが不思議でなりません。その度に、わたくしは自分が役立たずだと思い知らされて気が重くなるのです。

カチャカチャ、カリカリ……と計算器を使ったり、何やら書き込んだりする音だけが響きます。神殿では文官と側仕えの仕事が区別されていないのか、ローゼマイン様の側仕え達は全員が書類仕事をしています。わたくしは扉の前で神官長室の様子を見回しました。神殿長、神官長、その側仕え達に加えて、ダームエルもエックハルト様も護衛騎士なのに計算仕事をしています。わたくしは本来ならば護衛騎士として書類仕事をしなければならなかったのでしょう。

……わたくしは神殿の護衛騎士としての仕事を甘く見ていたようです。

チリンとベルの音が扉の向こうから聞こえてきました。わたくしのすぐ近くで仕事をしていた灰色神官が立ち上がり、「お待ちしておりました、カンフェル様」と扉を開けようとしました。わたくしはシュティンルークに手をかけて警戒します。

扉の向こうには青色神官とその側仕え達が並んでいました。そして、わたくしを見て一様に目を見開きます。

「新しくローゼマイン様の護衛騎士として神殿に出入りするようになったアンゲリカ様です。アンゲリカ様、彼等は書類の提出のために来ています。警戒は必要ありません」

「そうですか……」

来客のベルを聞き分けられないため相手が誰なのか判断できず、わたくしはベルが鳴る度に警戒して書類の提出にやってくる青色神官達を驚かせてしまいました。


四の鐘が鳴ると昼食です。ローゼマイン様が食事をしている間にわたくしとダームエルは交代で昼食を摂ります。給仕をしてくれるのは、モニカです。わたくしは騎士寮と同じように手早く食事を終えようとしましたが、予想外のおいしさに思わずゆっくりと味わってしまいました。

「……神殿の食事は貴族院と同じくらいおいしかったです」

「ローゼマイン様の専属料理人が作りますから、お城の食事と同じだそうですよ。ダームエル様も神殿の食事を気に入っているようです。アンゲリカ様にも気に入っていただけて嬉しいです」

モニカは食後のお茶を淹れながら、「少しお時間をいただいてもよろしいでしょうか？」とわたくしの様子を窺います。神殿での生活について話をしたいそうです。

……聞くのは構いませんが、覚えていられるかどうかは別問題です。

「神殿で生活する上で、アンゲリカ様に許可をいただきたいことがございます」

「何でしょう？」

「貴族女性の側仕えは同性だと伺っていますが、神殿でアンゲリカ様のお世話をする側仕えはローゼマイン様の側仕えが兼任するため、全てのお世話を女性が行えるわけではありません」

モニカにそう言われて、わたくしは神殿の側仕えの顔を思い浮かべました。確かに殿方の方が多かったように思います。

「お風呂のお手伝いや着替えなど、お肌に触れる作業はわたくしかニコラ、もしくは、孤児院からヴィルマを呼んできて行います。けれど、お風呂の準備としてお湯を運んだり、お部屋の掃除をしたり、給仕をしたりする作業は男性の灰色神官達も行わなければ間に合いません。男性の入室の許可をいただいてもよろしいでしょうか？」

そう言われて初めて、異性の側仕えが自室に入ってくることは、自宅でも滅多《めった》にないことに気付きました。こういうところが神殿は危険だと言われている理由でしょうか。何となく貴族女性ならば気にする者は多い気がします。

「貴族の方には想像しにくいかもしれませんが、神殿には魔術具がほとんどありません。井戸から水を運んだり、お風呂のために湯を沸かしたり、お部屋を掃除したりするのも全て手作業で行っています。そのため、人数の少ない女性の側仕えだけでは手が足りないのです」

説明を何となく聞きながら、わたくしは自分なりに考えました。よくわかりませんが、余計な報告をすれば、両親が神殿での護衛に再び口出ししてくることは予想できました。

「……ブリギッテも同じようにしていたのですか？」

「はい。故郷のイルクナーでは時折あったようで、ブリギッテ様は許可をくださいました」

……ギーベの妹であるブリギッテが許可していたならば、わたくしが許可しても特に問題ないような気がします。多分。

「それが神殿のやり方ならば、わたくしは構いません」

わたくしができるだけ表情をキリッと引き締めて答えると、ホッとしたようにモニカが「恐れ入ります」と胸を撫で下ろしました。少なくとも神殿の側仕え達にとって、わたくしの回答は間違っていなかったようです。

モニカはお茶を淹れると、「ザームと交代します」と退室していきました。午後からはローゼマイン様の健康診断があるので、モニカも早く昼食を終えなければならないそうです。

……神殿の側仕えも大変ですね。

ザームがこちらの様子を気にしながらダームエルの昼食準備をしているのを見て、わたくしはお茶を飲み終えるとダームエルと交代しました。

お昼からローゼマイン様は健康診断がありましたが、わたくしはその間エックハルト様と訓練をすることになりました。訓練の許可をくださるなんてフェルディナンド様は非常に良い方です。

事前にコルネリウスからは「フェルディナンド様はローゼマイン様の後見人だが、非常に怖い方なのでフェルディナンド様からもローゼマイン様を守るように心がけてくれ」と注意されていましたが、怖くても良い方ではありませんか。

エックハルト様から「外に出るので全身鎧《よろい》に着替えるように」と言われて、着替えました。エックハルト様の先導によって神殿長室の近くにある扉から外に出ます。扉を開けた途端、横殴りの吹雪が視界に入ってきました。吹雪の中、雪と同化するように白い貴族門がうっすらと見えます。

「アンゲリカ、貴族門のところにある広場が見えるか？　門が開く時に馬車を停《と》めておくための場所だ。あの辺りで訓練しようと思う。吹雪《ふぶ》いている時に外へ出ている者はいないから訓練にはうってつけだ」

「かしこまりました、エックハルト様」

わたくしは騎獣を出してエックハルト様に続きます。横からバシバシと当たってくる雪が鎧に当たって結構うるさいけれど、魔石の全身鎧はあまり温度変化を感じないので快適です。わたくしは何となく防寒のためにたくさん重ね着させられていたローゼマイン様を思い出しました。もしかしたらローゼマイン様は騎士コースに入って、全身鎧の作り方を習った方が良いかもしれません。

……ディッターを嫌がっているので、入ることはないでしょうけれど。

貴族門の前に到着すると、エックハルト様が空中で静止しました。わたくしも騎獣を静止させようとしました。けれど、吹雪が強すぎるせいか一点に静止することができません。

「吹雪いていても目標に向かって進むことは比較的容易だが、静止するのは意外と難しいだろう?」

静止しているエックハルト様を見ながら何とか位置を保とうとしますが、雪に押されて流されます。吹雪の中を進むより静止させる方がよほど魔力を使うとは全く想定していませんでした。

「止まれないなんて驚きました。わたくし、城での訓練は訓練場で行われることが多いので、このような猛吹雪の中で訓練するのは初めてです」

「そうだろうな。吹雪の中の訓練は、冬の主の討伐《とうばつ》を想定したものだ。討伐に参加できない見習いに構っている余裕はないからな。だが、本来は城で留守を預かる見習いにも雪中訓練は必要だと思っている。慣れていなければ、猛吹雪の中で騎獣を安定させて武器を振るうこともできない」

エックハルト様はそう言いながら、わたくしに叩きつける雪の避け方や騎獣を安定させる方法など吹雪の中で戦うコツを教えてくださいました。視界が悪くて吹雪の音に小さな音が隠せる中では、光を放つ魔力の攻撃より目立たない武器の投擲《とうてき》などが危険だそうです。

「エックハルト様は非常にお強いですね。わたくし、訓練が楽しいです」

「其方もおじい様の愛弟子として十分に成長しているようだな。フェルディナンド様に剣を向けてでも自分の主を守ろうとした先程の反応も見事だった」

「恐れ入ります」

エックハルト様に褒められました。いかなる時、いかなる相手でも護衛騎士は油断してはならず、主を守らなければならないそうです。

「……わたくしを褒めてくださいましたが、先程わたくしがフェルディナンド様に本当に斬りかかったとして、エックハルト様はフェルディナンド様をお守りできましたか？」

「当然だ。フェルディナンド様が止めていなければ……」

エックハルト様がにこやかな笑顔でそう言った瞬間、カンと腕に何かが当たった音と感触がしました。簡易鎧ならば守りの薄い布の部分です。視線を向ければ、小さなナイフが落ちていくのが見えました。全身鎧でなければ腕に刺さっていたでしょう。

……フェルディナンド様が止めていなければ……？

それを考えて背筋が寒くなりました。エックハルト様はこのような吹雪の中でも正確に腕を狙えるのです。敵の喉を狙うことも難しくないでしょう。けれど、わたくしはエックハルト様の狙いの正確さに驚いたわけではありません。訓練中で決して気を抜いていたわけではないにもかかわらず、攻撃が放たれたことに全く気付かなかったことに衝撃を受けたのです。

……このような攻撃ができるなんて。

今までの師匠との訓練で想定されていた敵とは全く違う攻撃でした。師匠との訓練ではこの先もこのような攻撃が出てくることはないでしょう。ローゼマイン様の敵がエックハルト様ならば、わたくしは守り切れません。ふつふつと自分の体の中で何か熱い物が蠢《うごめ》くような気配がしました。この攻撃を防げるようにならなければならない。この技術を会得しなければならない。自分の中の目標が定まったことがわかります。

「訓練、よろしくお願いします」

「……シュタープの武器は呪文で変化させる必要がある。魔剣は魔力を帯びて光るので気付かれやすい。これは普通の刃物だが、敵への牽制と気付かれずに攻撃するには打って付けだ。このような吹雪の中で風の向きに合わせると更に威力を増す」

「……それほど警戒が必要とは……。フェルディナンド様にはどのような敵がいるのですか？」

普通の騎士に求められる範囲を超えた技量です。わたくしの疑問にエックハルト様はフッと優しい笑みを浮かべて城の方向を見遣《みや》りました。

「いたのだ。あらゆる警戒を必要とする敵が……。今は小物ばかりになったが、これからも警戒は必要だ。其方も警戒心を高め、シュティンルーク以外の攻撃手段を少しでも増やしておいた方が良い。特殊な立場のローゼマインはおそらく厄介な敵を増やすだろう」

立場云々《うんぬん》はよくわかりませんが、ローゼマイン様が危険を呼び寄せることはよくわかります。二年前にシャルロッテ様をお助けするために騎獣で飛び出そうとしましたし、貴族院でダンケルフェルガーに堂々と意見して対立しました。

……今後も同じようなことが起こると思います。多分。

ローゼマイン様にお仕えするために、わたくしもエックハルト様のような技量を身につける必要があるでしょう。これからの訓練でエックハルト様から少しでも多くの技を学びたいものです。

吹雪の中で静止できるようになり、シュティンルークを振ってもふらつかなくなってきたので神殿の扉の前で一旦休憩することになりました。騎獣を消して、下半身を適度に動かします。吹雪の中で静止するために、普段とは少し違うところに力を入れながら長時間騎獣に跨《また》がっていたからでしょう。太腿《ふともも》や膝が痛いような気がします。

「アンゲリカ、この機会に質問しても良いか？　トラウゴットとの婚約解消について、其方がどのように考えているのか尋ねておくように母上から言われているのだが……」

「婚約解消についてはリヒャルダとボニファティウス様から伺いました。婚約がなくなれば結婚も遠退《とおの》くので、実はホッとしています」

「……ホッとしている、だと？」

休憩中とはいえ訓練の途中だからでしょうか。貴族女性らしい取り繕いより、わたくしにできる限り正確な報告を優先してしまったようです。あまりにも正直に答えすぎたらしく、エックハルト様が鋭い目でわたくしを見ています。わたくしは急いで貴族女性として正しい回答を必死に思い出そうとしますが、すぐに出てきません。訓練中に難しいことを考えるのはとても苦手です。

……訂正します。訓練中でなくても苦手です。

「あ、いえ。そうですね、この度はまことに、残念……です？」

「其方、自分の将来に大きく関わることなのに、何故そのように曖昧なのだ？」

エックハルト様が面白がるように口を歪《ゆが》めました。どうやらお父様達と違って、取り繕った回答でなくても怒っているわけではなさそうです。わたくしは少しホッとしました。

「結婚相手はお父様達が決めることですし、わたくしは結婚など特に興味がありません」

「最終学年の娘が結婚に関して希望が全くないだと？」

「いいえ、希望がないわけではありません。少しはあります。わたくしはローゼマイン様の護衛騎士でありたいです。ですから、できるだけ長くお仕えすることを許してくださる相手が良いです。結婚して子ができたら辞めなければならないでしょう？　それが嫌なので子供はいらないと言う相手で、尚且《なおか》つ、第二夫人や第三夫人ならば嬉しいです。高望みをするならば、わたくしより強い方で訓練が一緒にできれば言うことはありません」

わたくしが正直に希望を述べると、エックハルト様がマジマジとわたくしを見つめました。その目はよく知っています。信じられないほど理解不能の相手を見る時の目です。

……これは良くない傾向ですね。

貴族女性として失格の答えを口にしてしまったようです。わたくしはすぐに謝罪とお願いをすることにしました。そっと頬に手を当てて少しだけ俯きます。今までの経験上、こうすれば相手が一番許してくれる確率が高くて、面倒な会話を打ち切ることができるのです。

「大変申し訳ございません。わたくし、喋りすぎたようです。どうかお父様達には内緒にしておいてくださいませ。外では余計なことを言うなとよく叱られるのです」

「……だが、そのように重要な希望は口にした方が良かろう。言っておけば、時には意見が通ることもある。其方の両親も多少は考慮してくれるに違いない」

そんなことはないと思いましたが、今は会話を打ち切ることが重要です。わたくしは「そうであることを願います」と俯きがちに微笑みました。エックハルト様が口を閉ざして頷きます。

……今日も会話を打ち切ることに成功しました！

「では、休憩はここまでにして訓練を続けましょう、エックハルト様」

「……其方の両親が余計なことを言うなと命じる理由がよくわかるな」

一瞬の沈黙の後、クッと笑ったエックハルト様が訓練を再開して動き始めました。


「アンゲリカ、あのように簡単に騙《だま》されてはなりませんよ」

訓練を終えて神殿長室へ戻るなり、わたくしはローゼマイン様からお叱りを受けました。わたくしは誰に騙されたのでしょうか。騙された覚えがなく、どのようにお答えすれば良いのか悩みましたが、すぐには良い考えが浮かびません。仕方がないので、わたくしはエックハルト様との訓練の報告をすることにしました。

……何について叱られたのか、後でダームエルに尋ねましょう。

わたくしはローゼマイン様がお風呂に入った時を逃さず、ダームエルに尋ねました。「やはりわかっていなかったか。そのような気はしていた」とダームエルが溜息混じりに言います。

「フェルディナンド様から訓練に行くように促されて、エックハルト様について行ったことを叱られていたのだ」

「……フェルディナンド様の許可があったというのに、何故叱られたのでしょう？」

わたくしが更に不思議な気分になっていると、ダームエルが頭を抱えました。

「フェルディナンド様は提案されただけだ。ローゼマイン様の許可はなかっただろう？」

「……そうですね」

「よくわかっていないな？」

ダームエルがわたくしを見て、確信を持っている様子でそう言いました。その通りです。

「アンゲリカがローゼマイン様の護衛としてアウブの執務室へ移動中に、ヴィルフリート様が護衛騎士同士の訓練をしようと提案した場合、其方はどのように答える？」

「任務が終わり、主の許可があれば……と答えます」

任務中の護衛騎士に声をかけてくるなどあり得ません。そう考えていると、ダームエルが「まだ気付かないかな？」と呟きました。

「ならば、今日の其方は神殿で護衛任務中だったにもかかわらず、主ではないフェルディナンド様の提案に乗ってエックハルト様と訓練に出かけたのは何故だ？」

先程と同じ状況だとダームエルに言われて、わたくしはハッとしました。ダームエルの言う通り、ヴィルフリート様もフェルディナンド様もわたくしの主ではないという点では同じです。

「……ですが、フェルディナンド様はローゼマイン様の後見人ですし、ダームエルもフェルディナンド様の指示で動きますよね？」

神官長室における執務やローゼマイン様が城と神殿を移動する際の指示は、フェルディナンド様が出します。それに従うのが当然だったので、フェルディナンド様の提案に乗ることが悪いことだとは思いませんでした。

「ローゼマイン様とフェルディナンド様が明確に敵対しているわけでもない限りは、私もフェルディナンド様の命令には従うよ。だが、私と違って、アンゲリカはフェルディナンド様が相手でも躊躊いなくシュティンルークを向けただろう。それはフェルディナンド様が敵対する可能性があると考えていたからではないのか？」

「フェルディナンド様からもお守りするようにコルネリウスに言われましたから」

ダームエルは「コルネリウス……」と少し遠い目になった後、一つ息を吐いて頭を左右に振りました。

「コルネリウスの言うことは、護衛騎士の心得としては正しい。どれだけ近しい者でも敵対者になり得るからな。それはともかく、今日の訓練はフェルディナンド様の命令ではなく、提案だった。つまり、其方は他者の提案で主の許可も取らず、護衛任務を放棄したことになる。それをローゼマイン様が叱っていたのだ」

……護衛任務を放棄……？

ようやく事の重大性が呑み込めました。わたくしは護衛騎士として決してしてはならないことをしたのです。取り返しのつかない自分の失敗を自覚した瞬間、血が逆流したような感覚と足元から崩れていくような感覚がして、奥歯がカチカチと鳴り始めました。

「……申し訳、ございませんでした」

呟きのように零れたわたくしの謝罪を聞いたダームエルが、困ったように笑いました。

「謝罪は私ではなく、ローゼマイン様にすべきだ。……今になって謝罪されたところでローゼマイン様も困るだろうが」

神殿での書類仕事では役に立たず、護衛任務を放棄したのです。今回こそは護衛騎士を解任されるかもしれません。ローゼマイン様を守れるように師匠に鍛えてもらった全て、少しでも早く貴族院を終えようと皆が教えてくれた全て、ずっとローゼマイン様にお仕えしたいと思った自分の目標の全てが指の間からすり抜けていくような喪失感に、目の前が暗くなっていきます。

「ダームエル、わたくしはどうすれば……」

「アンゲリカがすぐに解任されることはないさ。ローゼマイン様の女性騎士が不足しているから、特例で神殿の護衛を任されることになったのだから」

わたくしは正式には未成年ですが、今回特別に貴族街を出て行う護衛任務を認められました。最終学年で全ての講義を終えていること、成人式は終わっていないけれど夏生まれで成人はしていることが理由です。それは、特例を認めなければ神殿について行ける女性騎士がいないからだとダームエルは言いました。

「どうして女性騎士が必要か？　城の部屋でも異性の護衛騎士は着替えの場には立ち入れないだろう？　それと同じで、神殿も生活の場だ。異性である私には立ち入れない場所がある。今日行われた健康診断のように服の裾を捲《めく》ったり、肌に触れたりするような場所には異性の私ではなく、同性の護衛が必要だ。それを忘れてはいけないよ」

「……はい」

同性でなければ立ち入れない場所があるということは、貴族院の寮生活で学んでいたはずです。神殿では側仕えに男性も女性もいて、神殿長室に出入りしているからといって、どこにでも男性が入れるわけではないことをよく考えていませんでした。

「アンゲリカが周囲の空気を読めず、言葉の裏を読むことが苦手なことはよく知っている。だが、フェルディナンド様を始め、他者の提案や口車に容易に釣られてはならない」

「……そういう場合、わたくしはどうすれば良いのでしょうか？」

わたくしが尋ねると、ダームエルはホッとしたように表情を緩めました。わたくしに理解させることができたと思った時の笑みです。

「簡単なことだ。必ず主の意見を求める。……復唱！」

「必ず主の意見を求める！……ありがとう存じます。今回の件もフェルディナンド様から訓練の提案があった時に、訓練へ行って良いかどうかローゼマイン様に尋ねるべきだったのですね」

「わかれば良い」

わたくし達の話が終わるまで待ってくれていたのでしょう。ザームに呼ばれて、ダームエルはお風呂のために出ていきました。

「フラン、お風呂はダームエルが先なのですか？」

わたくしはお風呂から出てくるローゼマイン様のために飲み物を準備し始めたフランに質問しました。フランが困ったように周囲を見回し、一つ息を吐いてから少し強張《こわば》った顔で答えてくれます。

「申し訳ございません。ローゼマイン様がお風呂を終えなければ、女性の側仕えの手が空かないので、アンゲリカ様は入れないのです。けれど、アンゲリカ様が終わるまで待てるほど時間的な余裕がないため、お風呂の順番は身分順ではなくなります。どうかご了承ください」

「神殿には神殿のやり方があると聞いています。少し違っていて戸惑いますが、わたくしは説明されれば大丈夫です」

　わたくしが「お風呂は身分順ではない」と復唱しながら頷くと、フランは「ローゼマイン様の護衛騎士がアンゲリカ様のようにご理解いただける方で助かります」と安堵したように表情を緩めました。

　フランが飲み物を準備し終えるのと、ローゼマイン様がお風呂から出てくるのはほぼ同時でした。ローゼマイン様はフランの淹れた飲み物を口にしながら部屋を見回します。

「あら、今日はまだダームエルが出ていないのですね」

「そろそろ出られると思いますよ」

　フランの返事を聞いて、わたくしは雪の中に埋もれたい気分になりました。わたくしがダームエルに質問して話し込んでいたせいで、神殿の生活に乱れが生じたに違いありません。

　……お父様のお説教が聞こえる気がします。

　わたくしの家族は、わたくし以外全員が側仕えです。そのため、生活の乱れが側仕えにどのような影響を与えるのか、よく知っています。フランがお父様だったらわたくしは厳しく叱られていたでしょう。お父様のお説教が次々と思い浮かんで、どんよりとした気分になってきます。

「お待たせいたしました」

　ダームエルが普段より急いでお風呂を終えたことがわかりました。

「あの、ダームエル……」

「アンゲリカ、悪いけれど話は後にしてお風呂に入ってきてちょうだい。アンゲリカのお風呂が終わらなければモニカやニコラの仕事が終わらないのです」

「今日のお風呂をお手伝いいたします、ニコラです。アンゲリカ様、よろしくお願いします」

ダームエルに謝罪することもできないまま、わたくしはローゼマイン様に命じられてお風呂に入るため、ニコラと一緒に自室へ戻りました。


「もう少しで終わります。少々お待ちください」

ローゼマイン様の側仕えのギルとフリッツが代わる代わるお湯の入った桶《おけ》を持ってわたくしの部屋に出入りしていました。自宅でも騎士寮でも貴族院の寮でも、側仕えは魔術具に魔力を込めてお風呂の準備をするので何とも不思議な光景です。

側仕えとはいえ男性が自分の部屋に出入りするのは初めてで、最初は何だか落ち着かない気分でしたが、すぐに慣れました。それより疑問に思ったのは、この二人の姿をほとんど神殿長室で見ないことです。

「神殿長室で姿を見ていませんが、二人はローゼマイン様の側仕えなのですよね？」

「そうですよ。二人はローゼマイン様から工房の運営を任されています。ギルはローゼマイン様の名代《みょうだい》としてグーテンベルクに同行するため、神殿長室どころか神殿にいる時間が非常に短いです」

ニコラが教えてくれました。ローゼマイン様が大事にしている印刷業を担っている二人だそうです。フリッツはフラン達と同じくらいの年齢ですが、ギルはわたくしと同じくらいに見えます。けれど、名代を任されるのはフリッツではなく、ギルなのです。

「ギルはどのようにしてローゼマイン様の信頼を得たのですか？」

「え？」

ニコラがポカンとした顔になりました。でも、知りたいと思うのです。今日の失敗を埋め合わせるような努力が必要でしょう。

「年長者のフリッツではなくギルが名代なのは、ギルがローゼマイン様にそれだけ信頼されているからですよね？　わたくしも護衛騎士として信頼を得たいと思っているのです。ですから、どのような努力をしたのか教えてくださいませ」

わたくしの質問に目を丸くしていたギルが、「へへっ」と小さく笑いました。それから、胸を張って口を開きます。

「騎士様とは仕事内容が違うので、参考になるかわかりません。でも、私は工房の仕事で誰にも負けないように努力しています。領地に印刷業を広げることをローゼマイン様が望むならば自分が広げるのだと、日頃から口にしていました。そのためにエーレンフェストに存在する紙の材料と作り方は全て覚えていますし、印刷の仕方を他人に教えられるようになっています。だから、ローゼマイン様の代わりに紙の作り方や印刷について領地に広げる仕事を任されたのです」

キッパリと自分の努力と希望を口にするギルの姿が、何だか非常に眩《まぶ》しく感じられました。わたくしはこのように胸を張って護衛任務ができているでしょうか。そう考えた瞬間、今日だけでどれだけ失敗したのか思い出して、落ち込んできました。

「……えーと、アンゲリカ様が何を悩んでいるのかわかりませんが、人にはそれぞれ得意不得意があり、役に立てる場所は違います。ローゼマイン様は得意な分野で役立ってくれれば良いとおっしゃいました。だから、私は工房の仕事を精一杯頑張っています。神殿長室にいるだけが側仕えの仕事ではありません」

ギルは眩しい笑顔でそう言うと、お湯を運び終えて退室していきました。ニコラに促されてお風呂に入りながら、わたくしは考えます。

……わたくし、得意分野でもお役に立てていないのですけれど、どうすれば良いのでしょうか。書類仕事はできませんし、護衛騎士としても今日失敗しました。あと、神殿のことでローゼマイン様に頼まれたのは、神殿の側仕えと仲良くするということくらいです。

「ニコラ、わたくしと仲良くしてくださいませ！」

「え？　え？」

わたくしの髪を洗う準備をしていたニコラが、非常に戸惑った顔になりました。

「わたくし、ローゼマイン様に頼まれていたのです。場所は違っても同じ主にお仕えする者として神殿の側仕え達と仲良く仕事をしてほしい、と。ニコラが仲良くしてくれれば、少しはローゼマイン様のお役に立つことができます」

わたくしの言葉にニコラが何度か目を瞬きました。それから、とても嬉しそうに笑いました。彼女はいつもニコニコと楽しそうですが、それとは全く違う笑顔です。貴族として生きている中では滅多に見ることがない、自分の感情をそのまま出しているような表情をしています。

「アンゲリカ様が仲良くしたいと思ってくれるだけで、わたくし達は嬉しいです」

感情を抑えるように、と教えられて育てられる貴族とは違う神殿の者。外見は同じように見えても、生きている世界が違うことを肌で感じました。けれど、ニコラの異質さは、わたくしにとって非常に好ましいものに思えます。ニコラの笑顔が嬉しかったからでしょうか。わたくしは勉学などができないことを責められることや不足している部分を気遣うような顔を向けられることが多く、笑顔を向けられることは非常に少ないのです。

「……ニコラが喜んでくれてわたくしも嬉しいです。わたくしは護衛騎士失格なのです。神殿に来ている護衛騎士なのに書類仕事ができませんし、今日は護衛任務にも失敗しました。ですが、神殿の者達と仲良くなれたので、少しだけ自分の役目を果たせた気がします」

「あぁ、色々と失敗しちゃってちょっと落ち込んでいるのですね。大丈夫ですよ。ローゼマイン様は失敗してもひどく叱ることはありません。次に同じ失敗をしないようにすれば良いのです」

ニコラは自分の失敗話をしながら、わたくしの髪を洗い始めました。頭の隅々まで丁寧に洗ってくれる優しい指の動きに、まるで頭を撫でられているような気分になってきます。

「わたくしが落ち込んだ時は、甘いお菓子を食べながらエラと気を付けるところを話し合うのです。そうしたら、元気になれます。だから、後でこっそりお菓子を持ってきますね。ローゼマイン様には内緒ですよ」

実家の側仕え達とは全く違う慰め方に驚きましたが、ニコラがわたくしを励まそうとしてくれているることがよく伝わってきて目の奥が熱くなってきました。領主の養女になったローゼマイン様が城で過ごすより神殿で過ごしたがる気持ちがよくわかります。

お風呂を終えると、本当にニコラはお菓子の入ったお皿を持ってきてくれました。手早くお茶も淹れてくれて、何だか小さなお茶会の様子になっています。

「わたくし、護衛騎士のお仕事はよくわかりませんが、書類仕事に関してはちょっと相談に乗れるかもしれません。今は料理の助手を優先していますが、以前は神殿長室の側仕えとして神官長室へ行っていました。〝神官長は怖いですよね〜。うんうんって頷く係〟とか〝書類仕事はあんまり得意じゃないから別の仕事がしたいです〜。料理人の助手はお勧めですよって言う係〟なら任せてくださいませ」

ニコラが自分の胸を叩いて笑いました。わたくしまで笑いがこみ上げてきます。給仕として背後に立たれると話がしにくいので、わたくしはニコラに席を勧めて、一緒にお菓子を食べることにしました。どうせ内緒にすることなので構わないでしょう。

「……わたくしが席についてもよろしいのですか？　後で叱られませんか？」

「このお菓子も内緒なのですよね？」

「それはそうですけれど……。うぅ、失礼いたします」

恐る恐るという様子で、ニコラがわたくしの前に座ります。けれど、お菓子を手にした途端、ニコラの表情が幸せそうに笑み崩れました。先程の緊張した顔はどこへ飛んでいったのでしょうか。

……リーゼレータがシュミルを餌付《えづ》けして喜ぶ気持ちがわかったような気がします。

「ニコラは書類仕事が苦手なのですか？」

「全くできないわけではありませんが、モニカに比べるとダメですよ。わたくしは書類仕事より神官長室が苦手なのです。シーンと静まって、皆がカリカリカリカリと書類仕事だけをする時間が……。お喋りしたくなりませんか？　息が詰まりそうになるのです」

それでエラの助手として厨房《ちゅうぼう》の仕事に関われるようになった時、昼食の準備をするからという理由で神官長室への出入りを減らしていったそうです。

「最近はあまり神官長室に行っていませんが、昼食の準備を頑張っているのでお仕事をしていないわけではありません。アンゲリカ様も神官長室に関わらないようにするのはどうでしょう？」

「苦手なところから逃げようという意見には心から賛同したいと思いますが、わたくしの仕事はローゼマイン様の護衛です。主から離れることはできません」

「……難しいですね」

二人で唸りながら考えていると、扉がノックされました。

「就寝前に大変恐れ入ります、アンゲリカ様。ローゼマイン様の就寝時間を過ぎてもニコラが戻ってこないのですが……」

恐縮しきった顔でモニカが入ってきました。ニコラが急いでお菓子を呑み込み、慌てて椅子から立ちましたが、モニカから丸見えです。

「ニコラ、一体何をしているのですか!?」

モニカが目を吊《つ》り上げました。貴族よりわかりやすい神殿の者達ですから、わたくしにも一目でわかります。ニコラはこの後ものすごい勢いで叱られるでしょう。

「モニカ、突然声を上げてどうしたのです？　ニコラがアンゲリカ様に何か……」

モニカの背後からはフランの声までしています。わたくしの部屋なので、男性であるフランは立ち入らないようにしていますが、モニカと一緒に様子を見に来たようです。ニコラがわかりやすく青ざめてプルプルと震え始めました。

「貴族であるアンゲリカ様と同席するなんて側仕えとして……」

「モニカ、叱るのは後です。すぐに退室を」

「アンゲリカ様、申し訳ございません。すぐにニコラを……」

フランの注意にモニカがハッとして表情を取り繕いました。ニコラを連れ出そうとしていますが、このままではニコラが二人からひどく叱られるでしょう。わたくしはずいぶんと慰めてもらったので、ニコラが叱られるのは避けたいと思います。

「大丈夫です、モニカ、フラン。わたくしが相談に乗ってもらっているのです。ニコラを叱らないでくださいませ」

そう言った瞬間、モニカの顔が取り繕った笑顔から一気に疑わしいものを見る目になりました。わたくしとニコラを見比べて、真剣な目で問います。

「……ニコラが相談に？……基本的にニコラは応援係だと思うのですが、何かお役に立ちますか？」

「えぇ、とても。……できれば、モニカとフランにも相談に乗ってもらえると助かります。どうぞ入ってくださいませ」

わたくしは有無を言わせず、二人に入室するように言いました。モニカとフランが顔を見合わせ、困った顔で仕方なさそうに入ってきます。

「ご相談とは……？　神殿の生活で何か不備がございましたか？」

「ニコラ、二人にも説明をお願いします」

わたくしは言葉足らずでわかりにくいと皆によく言われているので、説明役をニコラに任せてカップを手に取りました。ここまで巻き込まれてしまったら、フランとモニカもニコラを叱りにくくなったでしょう。

「相談を受けても、実はあんまり良い答えが思い浮かばなかったのですけれど……。アンゲリカ様は書類仕事が苦手ですが、できるだけローゼマイン様のお役に立ちたいとお考えなのです。どうしたら良いと思いますか？」

ニコラが相談内容を口にすると、神官長室でのやりとりを知っている二人は真剣な顔で考え込み始めました。二人の様子を見ていたニコラが「これで怒られませんね」と口元を動かしました。わたくしは笑うのを堪《こら》えながら小さく頷きます。感情を抑える貴族教育が役に立つこともあるのです。

「……そうですね。アンゲリカ様が書類仕事を苦手に思うならば、書類仕事以外にできることを増やすのはどうでしょうか？」

「書類仕事以外ですか？　たとえばどのような？」

突然部屋に入るように言われて突拍子《とっぴょうし》もない相談を受けたモニカですが、真面目に答えを出してくれました。書類仕事以外というところに希望の光が見えて、わたくしは少し身を乗り出します。

「ベルの音を覚えて護衛と取り次ぎ役の両方ができるようになるのはどうですか？　来客のベルの

音を覚えるのは、神殿長室の扉で護衛騎士をしている時にも必要なものですから」

確かに来客のベルを覚えて取り次ぎをすることは、扉を守る者にとって必要な技能です。

「神官長室の扉の前には取り次ぎ役の灰色神官がいましたが、わたくしが彼の仕事を奪うことになりませんか？」

「アンゲリカ様が取り次ぎの役割を担えるようになれば、取り次ぎ役の灰色神官がフェルディナンド様のお手伝いに集中できます」

他の者が書類仕事をできるように動けば、わたくし自身が書類仕事をしなくても一人分の仕事が進むことになる、とモニカが説明してくれました。わたくしでも役立てる方法が出てきて、希望の光で視界が明るくなりました。

「……素晴らしい案です、モニカ。褒美にこちらのお菓子を差し上げます」

「アンゲリカ様、これは……」

これで完全に共犯者です。ニコラがお菓子を食べたことを叱れないでしょう。モニカは一度ニコラを睨んだ後、「いただきます」とわたくしからお菓子をもらって食べました。

……次はフランですね。

わたくしが視線を向けると、フランは苦笑しながら首を横に振りました。「ニコラを叱ることはしないので、お菓子は必要ありません」と言います。

「アンゲリカ様は書類仕事が得意ではないことにお悩みですが、本来、護衛騎士が書類仕事をする必要はありません。ローゼマイン様が二年間ユレーヴェに浸かっていたため、様々な仕事が山積み

で忙しいですが、決して護衛騎士の義務ではないのです」

「そうなのですか？　ダームエルもエックハルト様もしていますけれど……」

神殿では必ず書類仕事をするのだと思っていたのですが、違うのでしょうか。わたくしが首を傾げるとフランが説明してくれます。

「ダームエル様が神殿に出入りするようになったのは、処罰が原因だったことをご存じですか？」

「ええ。まぁ……。見習いの身分に落とされた時期ですよね？」

わたくしは曖昧に微笑みます。神殿の出入りについて説明された時にダームエルについても話を聞きましたが、詳しくは知りません。トロンベ討伐の処罰で見習いの身分に落とされて神殿でローゼマイン様の護衛をすることになったことだけ覚えておけば良いと言われました。

「その時にダームエル様の給金を増やすために神官長が提案したことが書類仕事の始まりです。エックハルト様は神官長の自由時間を少しでも作るために奮闘するのが側近の仕事と捉えて頑張ってくださっていますが、善意の行為です」

決して義務ではないことがわかって、体から妙な強張りが抜けていくのを感じました。どうしても書類仕事ができなければならないということはないようです。

「印刷業を担う文官が出入りするようになった時、彼等へ仕事を振ることが容易になるように神官長は神殿で貴族が働いている実績を作っておきたいとお考えです。しかし、護衛騎士に必須の仕事とは考えていらっしゃらないでしょう」

「では、本当にわたくしが書類仕事をしなくても良いのですね？」

「はい。むしろ、護衛騎士として青色神官の使うベルを聞き分けられるようになってくださる方が助かります。警戒すべき青色神官が皆無とは言えませんから」

フランの言葉にわたくしは気を引き締めました。貴族社会とは違って、穏やかに見える神殿でも警戒すべき相手がいるようです。危険人物がローゼマイン様に近付かないようにすることは、護衛騎士であるわたくしの仕事です。

「明日、ベルの音を教えてくれるようにザームに話を通しておきましょう。今日はもう遅いのでおやすみください」

「わかりました。ありがとう存じます、フラン」

フランとモニカが仕事中にお菓子を食べていた罰としてニコラにお茶の片付けを任せて退室していきます。それ以上のお叱りはないと言われたニコラは、「ホッとしました」と笑いながら手早く茶器を片付けていきます。

「アンゲリカ様の悩み事が解決してよかったですね」

「ニコラのおかげです。ありがとう存じます」

「ふふっ……。アンゲリカ様は護衛騎士失格とおっしゃいましたが、神殿のやり方に文句を言わず合わせてくださるので非常に助かっているとフランが言っていました。神殿に来る新しい護衛騎士がアンゲリカ様でよかったって、側仕えの皆は思っていますよ。では、おやすみなさいませ」

……新しい護衛騎士がわたくしでよかった、ですか？

呆然《ぼうぜん》としたまま、わたくしはニコラが退室していくのを見送りました。誰かに「わたくしでよかった」と面と向かって言われたのは、初めてかもしれません。

胸の奥が温かくなったまま、わたくしは寝台に入ります。色々と失敗したけれど、何だかとても良い日でした。神殿での生活は楽しくなりそうです。

ユーディット視点

置いてきぼりの護衛騎士

「ユーディット、お茶はいかがですか？」

わたくしがお風呂を終えると、必ずフィリーネがそう声をかけてくれます。わたくしが了承し、フィリーネの側仕えであるイズベルガが準備してくれていたお茶を飲んでいる間、わたくしの側仕えのフレデリカはフィリーネがお風呂を使えるように準備するのです。これは共同部屋だからできる側仕えの共有で、こうすることで側仕え達も仕事の負担が減らせます。個室を使える上級貴族の側仕え達は、下働きにお金をポンポンと出して仕事をさせますが、中級貴族や下級貴族では毎日の作業にそれほどのお金を使えません。

「ええ、いただきます」

わたくしが席に着くと、イズベルガは二人分のお茶を淹れます。わたくしはフィリーネやイズベルガが毒を入れるとは思っていませんが、貴族の作法なので省略することはできません。フィリーネの毒味を待ってからわたくしはカップを手に取ります。わたくしはフィリーネがお茶を飲めるように書箱の上に退けた紙束を見ました。

「今日も新しいお話が集まったのですか？」

「はい。支払いが来年になることを差し引いても、とても嬉しい紋章付きの課題ですから……」

ローゼマイン様の課題はエーレンフェストで精査されるため、すぐにお金が欲しい者には向きません。ですが、課題に必要なインクや紙が支給され、文字を書くだけで確実にお金を稼げるので、まだ受けられる課題の少ない下級生に人気があります。

「ユーディットのおかげで、わたくしは安心して他領の方とお話しできるのです。いつも一緒に図書館へ行ってくださってありがとう存じます」

「……わたくしは図書館で勉強しているだけですけれどね」

「でも、わざわざ簡易鎧を着けて同行してくださるのですから心強いですよ」

フィリーネはずっとローゼマイン様達と一緒に図書館へ行っていました。けれど、ローゼマイン様がエーレンフェストへ帰還すると、護衛騎士達は当然図書館へ行きません。下級貴族のフィリーネが一人で図書館へ通って紋章付きの課題を扱っていると、妙な嫉妬を受けたり、他領の学生から軽んじられて言い掛かりをつけられたりする可能性があります。それを懸念したハルトムートやブリュンヒルデに「護衛としてなるべくフィリーネと一緒に図書館へ行くように」とわたくしは言われました。

……護衛の費用もいただいていますからね。わたくしにとって貴重なお小遣い稼ぎなのです。

側近が危険な目に遭わないようにすることはローゼマイン様の指示ですが、勉強漬けでお小遣い稼ぎができず、護衛騎士としての仕事に就けなかったことを嘆くわたくしに対する救済でもあるのでしょう。正直なことを言ってしまえば、簡易鎧では勉強しにくいのですが、護衛のお小遣い稼ぎと勉強が両立できるので我慢です。

「今日は何の物語が集まったのですか？」

「ベルシュマンに伝わる魔獣退治のお話ですね。騎士物語と言えなくもありませんけれど、魔獣の弱点についてまとめられた資料という方が正しいかもしれません」

「それは興味深いですね」

魔獣の弱点を一つでも多く知っていることが騎士の強さに繋がります。わたくしが詳しく話を聞こうとした時にフレデリカが顔を見せました。

「お待たせいたしました、フィリーネ様」

その声にフィリーネは茶器を置いて、イズベルガと一緒にお風呂へ向かいます。フィリーネの姿が見えなくなると、わたくしは勉強用の資料を取り出しました。明日の講義のために予習するのです。

「ユーディット様がローゼマイン様の側近に任命されたことにご家族は驚くでしょうが、そのように勉強熱心になったことにもっと驚くと思いますよ。テオドール様は信じられないとおっしゃるでしょうね」

フレデリカがクスクスと笑いながら寝台を整え始めます。わたくしは唇を尖《とが》らせながら資料を睨みました。中級の護衛騎士にこれほどの高得点が求められるとは知らなかったため、わたくしは非常に頑張っているのです。

「せめて、ローゼマイン様がもっと早くに目覚めて、もっと早い時点で側近入りが決まっていれば、わたくしだって夏や秋にもっと勉強をしていたのですけれどね」

「どのような事態になっても対応できるように、日頃から努力しておかなければならないということですよ」

勉強よりも騎士としての訓練に重きを置いていたことを指摘されながら、わたくしは勉強を続けます。少しでも早く講義を終えて、わたくしも護衛騎士達の訓練に参加したいのです。わたくしはまだローゼマイン様の護衛騎士だと胸を張って言えるほどの護衛仕事ができていません。家族に領主一族の護衛騎士として頑張ったことを誇れるようになりたいものです。

フレデリカが寝台を整え、明日の衣装を準備し、お茶の支度を始める頃にはフィリーネがお風呂から出てきました。わたくしは一旦勉強の手を止め、フィリーネがしてくれたように席を勧めてお茶の毒味をします。

「ユーディットは子供部屋でシャルロッテ様の護衛騎士にも誘われていましたよね？　どうしてローゼマイン様の目覚めをお待ちしていたのですか？」

「わたくし、元々キルンベルガの騎士になる予定だったので、護衛騎士になること自体にはそれほど重きを置いていなかったのです。でも、アンゲリカは中級騎士見習いなのに、ボニファティウス様の愛弟子として一番可愛がられているでしょう？　中級騎士でも上級騎士を超えるような強さを持つアンゲリカに憧れていたので、護衛騎士になるならばローゼマイン様と決めていたのです」

……アンゲリカの実態を知った時には驚きましたけれど。

わたくしは心の中でそう付け加えました。わたくしはアンゲリカが補講を受けた時にまだ入学前だったこと、兄や姉がいないので年嵩《としかさ》の者の情報が入り難《にく》いことなどが理由で知りませんでしたが、アンゲリカはお勉強が本当に苦手だったのです。

何でもできると勝手に思っていたので、事実を知った時は本当に衝撃的でした。けれど、今は補講を受けるような成績でも護衛騎士を続けていて、ボニファティウス様の愛弟子として可愛がられている事実に尊敬の念を深めています。

……普通ならば、呆《あき》れた主によって解任されるか、これ以上の恥を晒す前に一族が辞任させるはずですもの。

「ねぇ、ユーディット。キルンベルガはどのようなところなのですか？　わたくし、貴族街から出たことがないのでお話を聞かせてくださいませ」

　フィリーネが若葉のような緑の瞳を輝かせました。わたくしは少し目を閉じて、故郷のキルンベルガを思い浮かべます。

「キルンベルガは国境門のある町なのです。ずいぶんと昔に閉められてしまった国境門を今でも守ることがキルンベルガの騎士の役目です。わたくしのお父様もギーベ・キルンベルガに仕える騎士なのですよ」

「どのような門なのですか？」

「不思議な色合いに輝く、とても綺麗な門ですよ。境界門の上に騎獣で上がらなければ見ることができないので、国境門を見るのはキルンベルガの騎士だけの特権なのです。わたくしも自分の騎獣を手に入れるまでは見れませんでした」

　貴族院の一年生を終え、自分の騎獣を手に入れて初めて見ることができた国境門は、非常に美しい物でした。この地を守っていくことを誇らしく感じた気持ちは今でも思い出せます。

「もう見ることはないでしょうけれど……」

「どうしてですか？」

「ローゼマイン様の護衛騎士になったので、キルンベルガの騎士になれないでしょう？　それに、護衛騎士は城に戻ると、騎士寮に入ってローゼマイン様にお仕えすることになります。この先、わたくしがキルンベルガに帰れることはほとんどないでしょう」

キルンベルガまで馬車では何日もかかります。騎獣ならば一日あれば到着できますが、たとえ休暇を得たところで、わたくしは騎獣で行き来した経験がないので迷わずに帰れるかどうか自信がありません。

「ユーディット……」

気遣うようにわたくしを見ているフィリーネに微笑みます。

「それは自分で望んだことなので不満などないのですよ。わたくしが不満なのは、好成績を取るために勉強漬けの日々が続いて、ローゼマイン様の護衛任務にほとんど就けなかったことです！」

訓練しないと体が鈍《なま》るというのに、レオノーレは「訓練より勉強が先です」と言って、訓練させてくれません。わたくしは二年生なので、共通コースの講義ばかりです。騎士コースならば実技の中で訓練があるはずですが、二年生ではシュタープで武器を作るくらいなのです。

「うぅ～、訓練……。あんなに皆から合格を疑問視されていたアンゲリカがさっさと合格してローゼマイン様と帰還してしまったのですよ？　わたくし、アンゲリカよりできない子だとローゼマイン様に思われているのではないでしょうか？」

「アンゲリカは全て合格点ギリギリですもの。高得点を取っているユーディットはそんなふうに思われませんよ。わたくしは地理と歴史が合格点すれすれですもの。周囲からできない側近だと思われるのは、わたくしの方です」

フィリーネの成績はローゼマイン様の暴走の結果です。下級貴族が領主一族の側近になったのですから、できるだけ良い成績を取った方が余計な嫉妬をかわすことができます。けれど、フィリーネには最速での合格が何よりも重要だったのです。わたくしは同情めいた笑みを浮かべるしかできませんでした。

「ローゼマイン様の怖い追い立てのおかげとはいえ、座学が終わっているのは羨ましいですね。わたくしもローゼマイン様の参考書が欲しいです」

「来年のためにローゼマイン様が二年生の分をまとめていましたよ。参考にしますか？」

「貸してくださいませ！」

フィリーネから二年生のまとめを貸してもらって、まだ終わっていない教科の部分を探します。非常にわかりやすくまとめられていて、わたくしは目を見張りました。

「断言できます。ローゼマイン様は今のわたくしより絶対に二年生で良い成績が取れますよ」

「洗礼式を終えた直後の子供部屋で、一人だけ分厚くて難しい本を楽しそうに読んでいた方ですからね。わたくしに文字やお話の書き方を教えてくださったのはローゼマイン様なのです。出会った時からローゼマイン様はわたくしの先生ですよ」

フィリーネが懐かしそうに笑いながらそう言いました。わたくしもローゼマイン様が一緒にいた八歳の時の子供部屋を思い返します。新しい勉強道具という名の玩具《おもちゃ》に歓喜《かんき》し、ご褒美のお菓子をもらえるように与えられた課題をこなそうと夢中になっていました。

「ローゼマイン様がモーリッツ先生にも指示を出していたことは覚えていますよ。先生より先生っぽい感じでしたよね？　ただ、初めてカルタやトランプが持ち込まれた子供部屋は非常に楽しかった印象の方が濃くて、ローゼマイン様が読書に熱中していた記憶は薄いのですけれど……」

わたくしは遊びに夢中になっていて、あまりローゼマイン様の様子を観察していなかったようです。正直なところ、ローゼマイン様が何をしていたのかよく思い出せません。わたくしが好きだったのは騎士の訓練場で体を動かす時間でしたが、体の弱いローゼマイン様は一人で別のことをしていたので、あまり視界に入っていませんでした。

「わたくしは本を読んでくださったり、お母様のお話を書き留めてくださったりするのが嬉しくて、子供部屋でローゼマイン様ばかり見ていましたから……」

フィリーネが少し恥ずかしそうにそう言いました。

……そういえば、フィリーネは子供部屋でローゼマイン様に忠誠を誓っていましたね。

「フィリーネもそろそろ講義が終わるのかしら？」

「いえ、わたくしは実技に苦労しているのです。魔力が少なくてなかなか課題が終わりません。シュタープの維持にも魔力が必要でしょう？」

「……最初に形を決定するまでには時間がかかりましたが、シュタープの維持に魔力を使っているという感覚はほとんどありませんでした。慣れのせいかしら？」

「中級貴族と下級貴族の違いだと思います。わたくし、そういう違いを聞く度に領主一族の側近に下級貴族が選ばれない理由を実感するのです」

フィリーネの言う通り、何か緊急事態が起こった時に対応できる魔力が少ないようでは主を守ることもできませんし、魔術具を操る魔力が足りないようでは意味がありません。

「ローゼマイン様は魔力がなくても、わたくしのお話を集めてくる能力と情熱を必要としていると言ってくださいました。けれど、わたくしは領主一族の側近として恥ずかしくない程度には魔力が欲しいです。ダームエルのようにローゼマイン様の魔力圧縮方法を教えていただいて、少しでも魔力を増やしたい……」

ダームエルというのは、一番古くからお仕えしているローゼマイン様の護衛騎士です。下級騎士ですが、ローゼマイン様から魔力圧縮方法を教えてもらって中級貴族並みに魔力を伸ばしたと聞いています。ちょっと信じられないのですけれど、本当のようです。

「わたくしもローゼマイン様が褒めてくださった投擲をもっと練習したいですね。それに、できるだけ魔力を伸ばしたいです。上級貴族並みに魔力を増やすことができたら、魔力で作った矢のような武器を使えるのですけれど、今の魔力では長時間戦えませんから」

魔力があれば、アンゲリカのように魔剣を育てることもできます。戦いに際して準備する武器や道具を減らすこともできます。騎士として戦うには魔力量がとても重要なのです。

「それに、今のままでは下級騎士のダームエルより魔力が少ないかもしれません。中級騎士として由々しき事態です」

「……成人しているダームエルとまだ二年生のユーディットでは比べる対象としておかしいと思うのですけれど……。頑張るのは良いことだとローゼマイン様はおっしゃると思います。わたくしもお話集めを頑張って褒めてもらうのです」

二人でそれぞれ目標を立てて頑張ることを決めました。

それから、何日が経ったでしょうか。わたくしはやっと全ての講義を終えることができました。どの科目も自己最高点です。上級貴族が多い領主一族の側近としては、普通よりやや上くらいですが、中級貴族の中では結構上位だと思います。

……でも、成績は後回しです。今はやっと訓練に参加できるようになったことを喜びましょう。

「全部合格したのか、おめでとう。レオノーレは騎士達を引き連れて訓練のために騎士棟へ行ったよ。せっかくだから参加してきたらどうだい？」

寮にいたハルトムートにそう言われ、わたくしは喜び勇んで騎士棟の訓練場へ向かいました。この時のわたくしは、勉強地獄の次に特訓地獄が待ち受けているとは知らず、勢いよく訓練場へ飛び込んだのです。

「レオノーレ、わたくしも訓練に参加させてくださいませ！」

この後どうなったのか……。もう思い出したくもありません。

ハルトムート視点
ダンケルフェルガーの女

図書館の魔術具を巡ってダンケルフェルガーとディッターが行われるとリヒャルダからオルドナンツが届き、私は寮を飛び出した。ローゼマイン様の指揮によってエーレンフェストは勝利したが、正直なところ、私もダンケルフェルガーに勝てると思っていなかった。勝負が始まる前にエーレンフェストが勝てると思っていた者がいただろうか。

……素晴らしい。

ダンケルフェルガーを翻弄する奇策の数々に、観覧席からは敵味方関係なく驚嘆《きょうたん》と興奮の声が上がっていた。私も感情的になって自分の主の活躍に歓声を上げ、どうにも動きが悪くて足を引っ張っている自陣の騎士達に内心で悪態を吐《う》いていた。しかし、そのような興奮状態もレスティラウト様の宣言で一瞬にして消え失せた。

「私は其方のような悪辣な者を聖女とは認めない！」

負け惜しみのような言葉だが、第二位の領主候補生の言葉だ。今後どのような影響を及ぼすのかわからない。「現実を認識してくれる方がいて少しホッとしました」などとローゼマイン様は呑気《のんき》なことをおっしゃったが、そうではない。

……こうなったら更に聖女伝説を広げなければなるまい。

闇の神の寵愛《ちょうあい》を受けた艶やかに流れる夜空の髪と光の女神の祝福を受けた金色の瞳。それがローゼマイン様を最もわかりやすく表す色です。二年間の眠り故に、そのお姿は痛々しい程に幼く見えます。けれど、その御心はルングシュメールのように慈悲《じひ》に溢れていて、次々と新しい発見や発明をするローゼマイン様が英知の女神メスティオノーラに愛されていることを疑う余地などありません。あらゆる神々の祝福を受けたローゼマイン様の魔力は多く、その祝福の力はユルゲンシュミットの中で最も強く、最も尊いと言わざるを得ないでしょう。神々は私と巡り合えるようにローゼマイン様をエーレンフェストへ、そして、共に貴族院に通える年齢に遣わしてくださったのです。この邂逅《かいこう》はまさに奇跡！

「ハルトムート、今は食事中ですから、神々に祈りを捧げるのは自室でお願いいたしますね」

ブリュンヒルデに思考を邪魔されて、私は仕方なく食事を再開する。今は貴族院の社交シーズンだ。しかし、領主命令によりローゼマイン様はエーレンフェストに帰還されてしまった。私は文官見習いであるため、講義を終えたというのに同行できなかったのである。なんと護衛騎士が羨ましく、我が身が恨めしいことか。正直なところ、ローゼマイン様の存在の有無でここまで目に映る光景に違いが出るとは思わなかった。

……さすがローゼマイン様、私の世界に彩りを与える聖女。

「主が不在になると、毎日の生活が実に空《むな》しいと思いませんか、フィリーネ？」

「そうですね、何だかとても寂しいです」

フィリーネはそう言った後、ニコリと笑う。

「でも、わたくしはお話を集めたり、ローゼマイン様のために写本をしたり、しなければならないことがたくさんあるので大丈夫ですよ。二年の眠りから目覚めてくださったのです。それだけで十分だったのに、わたくしを側近に召し上げてくださったのですもの。ローゼマイン様の不在を寂しがるより、お役に立ちたいと思います」

目的を見据えて真っ直ぐに行動しているフィリーネの眼差しは、実に微笑ましいものだ。下級文官見習いを側近に取り立てたことには驚いたが、彼女のどの辺りを気に入ったのかは理解できる。

……さすがローゼマイン様。

しかし、領主候補生の側近としてのフィリーネが色々な意味で不足しているのも事実である。ローゼマイン様が困ることのないように彼女を指導するのは、上級文官見習いである私の仕事だ。

……文官達の集まりに連れ回して顔を繋ぎ、情報の収集や買い取りについて教えて……。

私が脳内でフィリーネの教育計画を立てていると、食事を終えたブリュンヒルデが自分の側仕えに食後のお茶を淹れてもらい、コクリと飲み始めた。

「それより、明日のお茶会なのですけれど、ハルトムートも同行をお願いできませんか？」

流行を広げる絶好の機会だとブリュンヒルデは張り切っているが、私はあまり気が乗らない。ローゼマイン様が広げるのであればいくらでも協力するが、主が不在のお茶会にヴィルフリート様と一緒に行くことには何の意味も見出せないのだ。

……ローゼマイン様が戻ってきてから、もしくは、来年で良いではないか。

ローゼマイン様はすでに王族から髪飾りの注文を取っているし、クラッセンブルクの領主候補生からリンシャンが欲しいという打診も受けている。今、ヴィルフリート様が社交をしなくても女子学生の関心は集まっているので、少しくらい情報を出し惜しみしたところで問題はない。少しヴィルフリート様が他領から突かれるくらいだ。流行は作り出したローゼマイン様が中心となって広げていく方が良いと思う。

……あれはエーレンフェストの流行ではなく、ローゼマイン様が個人で作り出したものだぞ。

正直なところ、私は領主候補生としてヴィルフリート様がローゼマイン様の隣に並んでいることさえ許容したくないのだ。ローゼマイン様が作り出した流行を、さも自分達も協力しているように広げるヴィルフリート様に協力する気などさらさらない。

ヴィルフリート様は御自身の洗礼式の後、ヴェローニカ様に甘やかされ、我儘《わがまま》放題で自分勝手で全く教育されていない領主候補生だとライゼガングの貴族達の間で噂されていた。真偽が確認された後、冬に行われるお披露目《ひろめ》やフロレンツィア様に教育されたシャルロッテ様とのアウブ争い、貴族院での成績などでヴィルフリート様の不足を指摘し、ヴェローニカ様を糾弾《きゅうだん》し、権力の座から追い落としていく計画が立てられていた。ヴェローニカ様に汚点を付けるためにヴィルフリート様が絶好の獲物になるだろうと言われていたのである。

けれど、実際はヴィルフリート様に全く関係のない理由でヴェローニカ様が更迭《こうてつ》され、教育の不足はローゼマイン様に補われ、白の塔の一件で廃嫡《はいちゃく》になるかと思われていたところを救われ、今も領主候補生として当たり前の顔で皆の上に立っている。私は不出来な領主候補生を見捨てなかったローゼマイン様の慈悲深さに感動しているが、ヴィルフリート様を非常に疎《うと》ましく思っている。

……ローゼマイン様が救うと決めた以上、私から積極的に手を下すようなことはしないが、正直なところ、今のうちに排除しておきたいくらいだ。トラウゴットの時のようにローゼマイン様を怒らせてしまう危険性を考えれば、近付かないのが一番だが……。

「ローゼマイン様が作り出した流行に一番詳しいブリュンヒルデがいますし、ヴィルフリート様には御自身の側近がいます。情報収集のために私が同行した方が良いというのは同感ですが、女性のお茶会なのですから、私よりフィリーネを参加させて経験を積ませる方が良いと思いますよ」

ローゼマイン様のお茶会でフィリーネが失敗するのは許し難いけれど、ヴィルフリート様のお茶会ならば少々の失敗も経験に必要だろうと割り切れる。

「女性のお茶会にヴィルフリート様が参加されるのです。これ以上男性を増やすよりは、女性視点の助言ができる者を同行させた方が良いのではありませんか？」

絶対にお茶会に参加する気がない、という私の気持ちはブリュンヒルデに通じたらしい。仕方がなさそうに一度目を伏せた後、ブリュンヒルデはフィリーネに視線を向けた。

「……ハルトムートの言う通りかもしれませんね。では、フィリーネにお願いします」

「は、はい」

お茶会へ同行を頼まれたフィリーネは、緊張がよくわかる上擦《うわず》った声で返事をした。私は指導係として信頼されるように、できるだけ優しく彼女に声をかける。

「フィリーネ、基本的にはヴィルフリート様の側近に任せるように。あまり出しゃばりすぎるのも下級文官見習いでは疎ましがられます。一歩控えた態度で会場内の雰囲気、どのような会話が交わされていたかなどに注意し、ローゼマイン様に報告できるようにしてください」

「具体的な助言、ありがとう存じます。わたくし、頑張れそうです」

……フィリーネはそのまま素直に育てば良い。そういう存在もローゼマイン様には必要だから。

別にヴィルフリート様のお茶会に同行しなくても、情報は簡単に集まるようになったのだ。ディッター勝負の後、ダンケルフェルガーの文官見習い達に招かれ、上位領地の情報を収集できる機会が唐突に増えたし、図書館の魔術具について王族からのお墨付きをいただいたことで、近付いてくるようになった上位領地の文官見習い達もいる。

……社交週間が始まるまでの短い期間でここまで話題を作るなど、さすがローゼマイン様。

実は、文官の集まりも領地の順位によって簡単に情報を得られるところと得られないところがある。上位だけで交わされる情報、上位と中位が混じる中で零れる情報、中位で共有される情報、中位から下位に流される情報などいくつにも分かれていて、どの情報を得られるのかで文官の力量が問われるのである。エーレンフェストは中位に少し招かれることがあるけれど、ほとんどが下位の領地との情報交換で上位の情報を得ることが難しい。そんな立場だ。

そのため、縦の力関係を把握しながら同じ学年の講義の中で個人的な誼《よしみ》を結び、少しでも多くの情報を得ることが大事だった。けれど、ローゼマイン様は私が何年もかけて結んできた誼など些細《ささい》なことだと笑い飛ばすような勢いで、上位領地の文官見習い達との交流の場を作り出した。上位領地の者から情報を欲してやってくるのだ。労せずに情報が集まってくる。

……去年までとの違いに心酔せずにいられる者はいないだろう。いないはずだ。

私はローゼマイン様の側近として、上位領地の文官が集まる場に招かれた。これは初めてのことだ。最初に口を開いたのは、ドレヴァンヒェルの文官だった。

「ハルトムート様、ローゼマイン様はいつ頃貴族院へ戻られるのでしょうか？　私の主がぜひお茶会をご一緒したいと……」

「本来ならば貴族院入学を見合わせようと考えられていたくらい虚弱な主ですから、本当に貴族院の終わり際になると思われます。ドレヴァンヒェルはどのような情報をお茶会でお望みですか？」

「図書館の魔術具について興味があるようです。どのように登録をしたのか、ソランジュ先生に伺っても不明なので……」

お茶会で話題を盛り上げるためには打ち合わせが必須だ。「ドレヴァンヒェルは今の流行の他に図書館の魔術具に興味がある」と頭の中に書きこみ、私はニコリと笑う。

「英知の女神メスティオノーラの祝福により、ローゼマイン様は図書館の魔術具の主となりました」

「いや、ふざけていないで……」

「おや、ふざけてなどいません。ローゼマイン様がメスティオノーラに祈りを捧《ささ》げ、祝福を行ったところ、シュバルツとヴァイスが動き出したのは事実です。この目で見ても、あまりに神秘的な光景に言葉が浮かびませんでした。図書館登録に歓喜し、風の貴色《きしょく》である黄色の祝福を放つ神々《こうごう》しき姿はまさに聖女の呼び名に相応しく……」

「よくわかりました、ハルトムート様。そのように主に報告いたしましょう」

途中で中断させられたが、よくあることだ。ディッターのローゼマイン様を褒め称える時はダンケルフェルガーの文官見習いが一緒に頷いてくれるので、この状況は少々残念に思えるけれど。

「私はローゼマイン様が音楽の先生方のお茶会で、作曲を即興《そっきょう》でしたと伺ったのですが……」

「あぁ、すでにローゼマイン様はいくつも曲を作られていらっしゃいます。驚くには値しません。けれど、ローゼマイン様の真価は作曲ではないのです」

「……と、おっしゃいますと？」

身を乗り出すようにして尋ねてきた文官見習い達から私は先に自分の欲しかった情報を得ていく。エーレンフェストに対する印象、ローゼマイン様とヴィルフリート様がどのように見られているのか、アピールを始めた流行に対する感想などだ。

「それで、ローゼマイン様の真価とは何でしょう？　作曲以外にも何かあるのですか？」

「ローゼマイン様の真価は演奏にあります。貴女《あなた》はフェシュピールの音楽に合わせ、共に溢れる祝福を感じたことがございますか？」

「え？　あの……演奏ですよね？」

「そうです。聞き惚《ほ》れずにはいられない巧みさで奏でられる音楽に、まだ幼い澄み切った声で歌いあげられる神々への賛歌。そして、まるでローゼマイン様の祈りを受け取るように音の響きと共に溢れる色鮮やかな祝福……。あの美しき光景を目にすれば、ローゼマイン様がいかに神々に愛されている聖女であるのか、一目でわかるのです」

お互いに顔を見合わせている文官見習い達に、私は滔々《とうとう》と語り続ける。まだ全く理解できないような顔をしているけれど、いずれ知るだろう。私の主がいかに素晴らしいのか。

「い、一度拝見してみたいものです。あぁ、ハルトムート様。残念ながら、わたくし、まだ講義が残っているのです。そろそろお暇《いとま》させていただきますね」

「あぁ、そうです。ローゼマイン様は他領の物語にも興味がおありで、写本を高価で買い取る予定です。図書館でも周知させていますが、ぜひ下級文官見習い達にお伝えください」

「かしこまりました」

逃げるようにそそくさと文官見習い達が去っていくが、まだまだ私は語り足りない。

……ローゼマイン様の素晴らしさを共に称え合える同士が身近に欲しいものだ。同じ側近でも、まともに話を聞いてくれるのはフィリーネくらいではないか。嘆かわしい。

講義でもほとんど姿を見せないままに帰還したため、余計に興味をそそられるのか、ローゼマイン様について知りたがる者は多い。私は彼等から情報を引き出していく。ローゼマイン様から魔力圧縮の方法を学ぶためには、上級貴族でも自力でお金を稼がねばならないのだ。

フィリーネがローゼマイン様のための写本に励む中、私は図書館で植物紙の宣伝をしたり、シュバルツ達に近付く学生達に注意したり、参考書作りに励む学生達に他領の物語を高額で買い取るという話をしてみたりして忙しく日々を過ごしていた。

「あの、ハルトムート様。先程わたくし、ダンケルフェルガーの文官見習いからハルトムート様とコルネリウス様について質問を受けたのですけれど……」

誰の側近でもない三年生の文官見習いからそう声をかけられた。私は腕を組みつつ彼女の話を聞いた。ローゼマイン様ではなく、ローゼマイン様の周囲について情報を集めている文官見習いがいることは気付いていたが、目的がわからなかったのだ。どうやら巧みに私を避けて、他の文官見習い達から情報を集めているらしい。寮内にいる他の文官見習い達の情報を集める必要がありそうだ。

「イグナーツも何か尋ねられたのですか？」

「ローゼマイン様の側近、特に上級貴族についてでした。あちらは第二位の上位領地ですから、誰かと繋がりを持つにも階級にこだわりたいのかもしれません」

イグナーツの答えに私は少し考える。ダンケルフェルガーはディッターのことしか考えていなそうな領地だ。ローゼマイン様が勝利した瞬間、手のひらを返したように持ち上げて繋がりを持ちたがり、今では称賛に耳を傾けてくれる貴重な領地である。階級や派閥に関係なく、それこそ騎士、文官、側仕えの見境さえなく、ローゼマイン様とフェルディナンド様のディッター関連の情報を得ようとするくらいだ。強さはまだしも、それほど階級にこだわる土地柄ではないと思う。

どうにも不審に思えて仕方がない。その不審な動きを見せる文官見習いについて調べたところ、彼女の名前がクラリッサであることが判明した。私より一つ下の学年の上級文官見習いだが、領主候補生の側近というわけでもない。特筆すべきことはない女子学生だ。

……ローゼマイン様が戻られる前に、彼女の目的だけでも把握しておいた方が良いかもしれないな。

さて、どんなふうにクラリッサと接触しようかと考えていたところに、クラリッサの方から呼び出しがきた。他の者に見られないようにこっそりと話をするには絶好の場所である東屋《あずまや》に向かう。

……普通は恋仲の者と利用するのだが……。

彼女には勘違いされて困るような相手はいないのだろうか。そんなことを考えながら私はクラリッサと向き合った。焦げ茶の髪が三つ編みにされて背で揺れている、楽し気に輝いている青の瞳はダンケルフェルガーのマントと同じ色で、ローゼマイン様の話を聞きたがるダンケルフェルガーの者と同じ雰囲気が漂っている。

「ハルトムート様、わたくし、貴方にお話があるのです」

「私達の周辺を探っていたようですが、今度はローゼマイン様のことでしょうか？」

「いいえ、貴方に大事なお話があるのです」

ニコリと微笑んだクラリッサがフッと視界から消えた。

……え？

足に何か当たったと思った次の瞬間にはもう私の体は宙に浮いていて、片手で胸元をガシッとつかまれていた。獲物を捕らえた獣のような青の瞳と目が合ったと思った時に私の耳に響いてきたのは「メッサー」という短い呪文。

私は背中から地に落ちたが、一瞬グッと強く引かれたせいか、頭を強打することはなかった。だが、自分の上にはクラリッサが乗っている。その手にはナイフが握られていて、ぴたりと首筋に当てられていた。冷たい感触に身体中の血液が逆流するような気がして、私はゴクリと息を呑んだ。

何が起こっているのか、全くわからない。私は今までこのような荒事には遭遇したこともないし、騎士見習いでもない文官見習いの女性に武器を突きつけられるとは全く考えていなかった。

「な、何を……ん!?」

抗議しようと思ったら、突然クラリッサに唇を塞がれ、唇から魔力を流される。ピリッとした感

触に驚いて私は思わず暴れてしまった。けれど、私の上に跨がっているクラリッサはびくともしない。首筋に当てられていたメッサーで細い傷をつけただけで終わった。

唇はすぐに離され、クラリッサは私の魔力を検分するように軽く唇を舐《な》めた。

「魔力に問題はなさそうですね。安心しました。では、ハルトムート様。わたくしに求婚の課題を出してくださいませ」

「は？」

……求婚？　課題？

何を求められているのか、さっぱりわからないまま、私はクラリッサを見上げる。私が理解していないことを察したのか、クラリッサがダンケルフェルガーの求婚について説明し始めた。なんと意中の男性を自力で押さえ込み、課題を得てそれを達成すると結婚できるという求婚の作法がダンケルフェルガーにはあるらしい。初めて知った。身を以《もっ》て知った。

……まさかそんな特異な求婚が自分の身に降りかかってくるとは！

「わたくし、どうしてもローゼマイン様にお仕えしたいのです。でも、残念なことにわたくしはダンケルフェルガーの文官見習いなのです」

ローゼマイン様に仕えるためにはエーレンフェストの貴族になる必要があり、最も手っ取り早い手段が結婚である。ローゼマイン様の側近の上級貴族で年齢の釣り合いを考えると私とコルネリウスしかいない。そして、コルネリウスには断られたこと、騎士見習いを押し倒すのは難しそうだったことなどから、私に狙いを定めたと言う。

「正式な申し込みや色合わせをするには時間もありませんし、ローゼマイン様の側近を狙う他領の者はこれからも出てきそうですから、この機会を逃すわけにはまいりません。わたくしと結婚してくださいませ」

「いくら差し迫っているとはいえ、いきなり唇を寄せるのはどうかと思いますが……」

冷静になれと自分に言い聞かせながら、私はこの状況を逃れるための方策を考える。けれど、がっしりと自分を押さえ込んでいるクラリッサから逃れることさえできそうにない。

「あら、他の方に言いふらしますか？　一つ下の女に押し倒されて、情熱的に迫られ、唇まで奪われた、と」

男の沽券《こけん》に関わるでしょう？　とクスクス笑うクラリッサの手は一瞬も弱まる気配がない。そして、そのままの体勢で滔々《とうとう》とローゼマイン様の素晴らしさを語り始めた。

「わたくし、本当に感動したのです。ダンケルフェルガーでは騎士見習いの希望者が多いため、選別試験があり、幼い頃は体格が小さかったわたくしは騎士見習いになることを諦めざるを得ませんでした。けれど、選別試験当時の自分よりはるかに小さい領主候補生のローゼマイン様がディッターで勝利したのです。武力ではなく、知力を使って！　体格など関係なく、勝利をつかみ取る姿にどれほど感動したのかわかりますか？　それから、集めたローゼマイン様の情報の数々にわたくしがどれだけ心酔しているのか！」

ローゼマイン様について語りながら熱っぽく揺れる瞳は、自分が探していた同好の士だと雄弁《ゆうべん》に物語っている。他者から語られるローゼマイン様の賛美に何となく心が浮き立ってきた。

……あぁ、悪くない。

口内に残るクラリッサの魔力を感じながら、私はしばらくそのままローゼマイン様への称賛を聞いていた。

「クラリッサの気持ちはわかりました。けれど、口でだけならば何とでも言えます」

「わたくしは口だけではありません。それを測るための課題を出してくださいませ」

課題を出さなければ諦めそうにないクラリッサを見つめて、私は少し考えてみた。自分の結婚相手に必要な条件は何だろうか、と。答えは簡単だ。

……私と共にローゼマイン様に心酔し、称えられる者、かな？

「私はローゼマイン様を喜ばせることができない者と結婚する気はありません。来年の貴族院までにローゼマイン様を喜ばせる物を準備してください。情報収集の腕、ローゼマイン様の側近になりたいという貴女の本気を見せてもらいましょう」

クラリッサが青い目を挑戦的に光らせて「望むところです」と微笑み、やっとナイフを消した。

……さて、何を持ってくるのか。来年が楽しみですね。

ヴィルフリート視点
男の社交

先を争うように招かれていた女性のお茶会へいくつも出席するうちに社交週間が始まった。ドレヴァンヒェルのオルトヴィーン様からゲヴィンネンの招待があり、私は飛び上がらんばかりに喜んだ。念願の男の社交である。私はオルトヴィーン様からの招待状を何度も読み直し、すぐに出席の返事をするようにイージドールに命じた。

……この日のためにゲヴィンネンの練習をしてきたのだ！

ゲヴィンネンは男の社交でよく使用される盤上の遊戯《ゆうぎ》だ。魔力で盤上の駒を操り、相手の宝を奪えば勝ちになる。盤上ディッターのような遊戯といえるだろう。貴族院の社交で恥を掻かないように、私は側近達を相手に練習してきた。フェシュピールや奉納舞の稽古《けいこ》よりよほど楽しいものだ。トランプやカルタでは負けていたが、ゲヴィンネンではローゼマインにも負けぬと思う。

「イグナーツ、今から対戦しないか？」

「……私は構いませんが……」

イグナーツはちらりとオズヴァルトの様子を窺う。ゲヴィンネンは一勝負するのに時間がかかるため、予定が多い日にはできない。その分、雪に埋もれて外に出られない冬にはよく行われる。貴族院の男の社交でゲヴィンネンがよく行われるのも、雪が積もっていて外でできることが少ないからだろう。

「オズヴァルト、ドレヴァンヒェルとの勝負で無様な勝負はできぬ。練習が必要なのだ」

初めての男の社交で失敗はできないと私が訴えると、オズヴァルトは少し考えた後「一勝負だけですよ」と許可をくれた。

「イグナーツ、駒を取ってこい。アレクシスはオズヴァルトと一緒に盤の準備だ」

ゲヴィンネンを行う時は基本的に自分の駒を持ち込んで使うことになっている。騎士を模した駒の中には芸術的な価値の高い物も多く、他人の駒を見るのも楽しみの一つだ。

……側近達の駒は見慣れているが、他領の領主候補生の駒を見るのは楽しみだな。

イグナーツが駒を取りに行っている間に、護衛騎士見習いのアレクシスと筆頭側仕えのオズヴァルトがゲヴィンネンの盤を準備する。結構大きい長方形で、魔石がたくさん使われている贅沢《ぜいたく》な物だ。ゲヴィンネンは魔力で駒を動かす遊戯なので、盤も駒も魔石でできている。

「お待たせしました。では、駒の交換をいたしましょう」

イグナーツが自室から持ってきた箱を開けると、私に向かって差し出した。私もオズヴァルトが持ってきた箱を開け、イグナーツに渡す。こうしてお互いの駒に前回使用した際の魔力が駒に残っていないか確認するのだ。

「うむ、問題ないな」

「ヴィルフリート様の駒、これは少し残っていませんか？　他領との勝負の時には気を付けた方が良いですよ」

「……ほとんどないと思うが……気を付けよう」

指摘された駒に空《から》の魔石を押しつけて完全に魔力を抜き、イグナーツにもう一度確認してもらう。全ての駒に魔力がないことを確認して駒を返したら、盤の前に向かうのだ。

「今日は魔力一つ分で良いですよね？」

イグナーツの言葉に頷き、盤の短辺についている蓋を開けた。そこには五つの魔石が並んでいる。私はその内の一つに触れて魔力で満たした。この魔石の数で難易度の調節ができるのだ。多くの魔力を込めるほど、勝負で使える駒が増えたり、攻撃手段が多彩になったりする。そのため、ここでも間違いなく一つだけに魔力を満たしたかどうかお互いに確認しなければならない。この後、勝負がつくまでの間に蓋を開けたら反則負けになる。

「駒は十個だぞ」

私は自分の箱から駒を十個取り出しながらイグナーツに声をかける。宝の駒を一番に取り出した。これを奪い合う勝負なので、難易度を上げて駒の数を増やして勝負する時も宝の駒だけは使うことが確定している。

……あとはどうするかな？

魔石一つ分の勝負で使用できる駒は弓と剣と槍《やり》だ。宝を除いた九個分、選ばなければならない。全て弓にしたり、剣にしたりすることも可能だが、攻撃範囲が違うので大体は複数の種類の駒を使うことになる。

魔石を増やして難易度を上げると、勝負に使用できる総魔力量が増加する。そして、それぞれの駒の攻撃力、防御力、速さの割合を自分で割り振ったり、罠を設置する文官の駒や回復薬を運ぶ補給役の駒を増やしたりできるようになるため、勝負が更に複雑化するのだ。

……私はまだ駒を増やしたことはないが、父上と叔父上の勝負では駒を増やせば増やすほど叔父上の勝率が上がるらしい。

結局、私は弓と剣と槍の駒を三つずつ選んで、自陣に配置した。自分の陣に配置すると、駒に魔力が流されていく。駒に魔力が籠もったら光るので、その間に先攻と後攻を決める。

私は箱に残っている駒から文官と補給の駒を取り、左右の手に一つずつ握ってイグナーツの前に突き出す。

「どちらだ？」

「左でお願いします」

私は左手を開いた。そこには文官の駒がある。イグナーツが先攻だ。

全ての駒が光れば勝負開始となる。イグナーツが指を振った。

「では、行きます」

オルトヴィーン様に招かれた社交の日まで私は側近達を相手に毎日ゲヴィンネンの練習をした。イグナーツには勝てるが、アレクシスには滅多に勝てないのが少々悔しいものである。

「イージドール、忘れ物はないか？　オズヴァルト、もう出発しても良いか？」

「三の鐘が鳴るまでお待ちください。お茶会室まではそれほど遠くないのですから」

そわそわしながら三の鐘が鳴るのを待ち、私は側近達と共に寮を出てドレヴァンヒェルのお茶会室へ向かった。初めての男の社交だ。緊張しながら私は三という数字のついた扉の前に立つ。

「お待ちしておりました、ヴィルフリート様」

お茶会室へ入ると、オルトヴィーン様が出迎えてくれる。ゲヴィンネンの盤が二つ準備されていた。見回せば、リンデンタールの青緑のマントをつけた領主候補生ダーヴィット様とガウスビュッテルの茶色のマントをつけたコンラーディン様が先に到着している。これで一年生の男子領主候補生は全員揃ったことになる。

「上級生はいないのですね」

「あぁ、上級生はまだ講義が終わっていないでしょう。講義の数が全く違いますから。上級生が参加するようになるのは後半です。それまでに我々一年生は社交の雰囲気に多少慣れておかなければと考えて、今日の集まりを開催したのです」

オルトヴィーン様の言葉に「なるほど」と私は頷く。領主候補生が多いドレヴァンヒェルと違って、私は上級生がどのくらいの講義を行うのかも知らない。ここで領主候補生に関する情報を集めた方が良さそうだ。

「三年生になれば狩りも行えますよね？　私はそちらも楽しみにしています」

ダーヴィット様がそう言って笑った。一年生は講義で騎獣を作れるようになって、シュタープを得たばかりだ。二年生は魔石で鎧を作ったり、シュタープで武器を作ったりする実技がある。それらの講義を終えた三年生から男性の領主候補生は護衛騎士を率いて狩りに参加できるらしい。ダーヴィット様も結構詳しいようだ。私は皆の説明をふんふんと頷きながら聞く。

「二年生を終えると、自領で騎士団と一緒に狩りの練習をするようになります。異母兄達が参加しているのを見て、私も早く参加したいと思っているのです」

コンラーディン様達のように兄がいる領主候補生の話を聞くのは、とても参考になる。私の男同士の社交に関する情報源は、基本的に父上だ。政変を境に色々変わっているかもしれないと注意もされていて、最近の情報が少ない。側近達からも聞くけれど、領主候補生の情報は側近達にも集めにくいようで、自分で集めるしかないのだ。

……親族ならば叔父上もいるが、私と叔父上はそのような話をする間柄ではないからな。

私にとっての叔父上は顔を合わせる度に課題を山積みにしていく存在だ。正確には、課題がある時しか呼ばれない。ローゼマインが起きてからは、そちらの教育に掛かりきりなのでちょっと助かっている。

お茶を飲みながら情報交換をした後は、ゲヴィンネンをすることになった。私とオルトヴィーン様が、ダーヴィット様とコンラーディン様が対戦することに決まった。

それぞれの駒を確認するところから始まるわけだが、オルトヴィーン様の駒は宝の駒が薄い茶色で、それ以外の駒は赤紫色で統一されている。

「オルトヴィーン様の髪と目の色ですね」

「父上が注文してくれたのですが、その色に揃えるのは苦労したそうです。ヴィルフリート様の駒は……」

「瞳の色ではなく、誕生季の貴色です」

「なるほど。これは造形が美しいですね」

そんな会話をしながら一つ一つ駒を確認していく。今日は私も完璧に魔力を抜いているので何の問題もなく確認は終わった。

「今日は初めてなので魔石一つ分の勝負にしましょう」

「次回は増やすのですか？」

私が尋ねると、オルトヴィーン様は魔力を込めながら頷いた。

「上級生から招待される頃までに魔石二つ分までは練習しておいた方が良いと思います。時々いるのですよ。魔石を増やしたことがないのか？　と挑発してくる上級生が……」

魔力圧縮に慣れていない低学年の内は魔石一つ分の勝負ができれば良いと父上が言っていたけれど、魔石を増やして練習する必要がありそうだ。今日の内に知ることができてよかった。寮に戻ったらしばらくはゲヴィンネンの練習を頑張らなければ、社交の後半に苦労するかもしれない。

そんなことを考えながら駒を置いていると、先に配置を終えたオルトヴィーン様が文官と補給の駒を取り、左右の手に一つずつ握って私の前に突き出した。

「ヴィルフリート様はどちらにしますか？」

「右でお願いします」

オルトヴィーン様が右手を開くと、そこには補給の駒があった。私は後攻で、オルトヴィーン様が先攻だ。

「私が先攻ですね」

駒を箱に戻すと、オルトヴィーン様は私の配置する駒を見ながら腕を組んで考え始めた。さて、どのような攻め方をしてくるだろうか。私もオルトヴィーン様の駒を見ながら考える。駒が全て光ると同時に、オルトヴィーン様が指を振って駒を動かした。剣の駒や槍の駒がふわりと動いて一マス上に移動する。次は私の番だ。

最初の方はそれほど大きな動きはない。私はいくつかの動きを考えながら駒を動かしていく。

「ヴィルフリート様は基本に則《のっと》った動きをするのですね」

「まだ応用して動かせるほどの実力ではないと父上に言われています。まずは基本に慣れなければダメだそうです。攻撃に集中しすぎて防御が疎かになると叱られました」

初めて攻撃力、防御力、速さを自分で割り振る練習をした時に攻撃力に振りすぎて、防御力を軽視したため、父上の弓の駒に遠くからあっけなくやられたのだ。何とか父上の駒を減らそうとむきになれば、いつの間にか宝が打たれていた。

……父上は妙な作戦を練るのに、私にはまだ早いと言うのだ。

「そういえば、私の姉上がエーレンフェストの髪飾りなどに興味を持っていますよ」

オルトヴィーン様が軽く左手を動かして自分の駒を動かしながらそう言った。私はちらりと彼の顔を見た後、すぐに盤に視線を戻して次の手を考えながら「……アドルフィーネ様に関心を持っていただけて嬉しい限りです」と答える。

……オルトヴィーン様は男同士の社交で髪飾りの話をしてどうするのだ？　アドルフィーネ様に見立てろと言うつもりだろうか？

女性ばかりのお茶会で要求された数々を思い出しながら、私はゲヴィンネンの駒を睨む。正直なところ、私は装飾品を見立てるのが得意ではない。幼い頃はおばあ様に色々と言われていたから知っている。女性が質問する時はすでに心が決まっていて同意してほしいだけなのだ。女性が心に決めた物以外を選んだり褒めたりした時は大体ガッカリされる。

……オルトヴィーン様、ダメだ。早まってはならぬ。女性への見立ては難しいのだ。

ひとまず余計なことは言わず、オルトヴィーン様が提案してきたり命じてきたりした時だけ応じることに決めて、私はゲヴィンネンに集中することにした。

「……ヴィルフリート様は何かお疲れですか？」

しばらくの沈黙の後、オルトヴィーン様が私の様子を窺うようにそう尋ねた。疲れたのかと問われる意味がわからない。無言で考え込んでしまったのが良くなかったのだろうか。

「いえ。ゲヴィンネンに集中していますが、特に疲れてはいません。何か？」

「せっかくの機会にエーレンフェストの流行を売り込む様子を見せないので不思議に思っただけです」

……そうか。ここは流行を売り込む場だったのか。

だが、エーレンフェストの流行は男性より女性に喜ばれる物の方が多い。ここでどのように売り込めば良いのだろうか。私は自分でリンシャンを使うこともないし、髪飾りの良し悪《あ》しを語ることもできない。そういうことはローゼマインに任せておきたいと思う。

「……あぁ、それはローゼマインが帰還して不在のため、女性ばかりのお茶会に私が男一人という状態で何度も招待され、同じ話をしているせいでしょう。早く貴族院へ戻ってほしいものです」

「あぁ、女性のお茶会に男性一人で参加するのは疲れますね。私は姉上とその友人達とのお茶会に付き合わされることがありますが、非常に気疲れします」

私と同じような思いを日常的にしているらしいオルトヴィーン様の口調が何というかうんざりと

したものになった。私はまだローゼマインの社交に付き合わされたことはないが、エグランティーヌ様やハンネローレ様のお茶会に連れ出される自分を想像してげんなりした。

「私もおばあ様達のお茶会で少しは慣れているつもりでしたが、男の社交とは話題や雰囲気が全く違いますから……。男性の社交では髪飾りの話題が出ないので、気が楽です」

自分でつけることもない髪飾りについて質問をされても困るという意味合いのことをぼやくと、面白がるようにオルトヴィーン様が笑った。その笑いには同情が多分に込められている。

「私も姉上から宝飾品を見立てるように言われることがあります。将来、結婚相手に魔石のネックレスを贈ったり、衣装を仕立てるための布を準備したりする時に必要でしょうと言われますが、どれでもあまり代わり映えがしないように思えます」

……わかる！

「選んでほしいと差し出される候補の違いが細かすぎて、どれでも良い気がしてくるのです。女性はどこを見て決めているのでしょうか？」

ほんのわずかな色の違いで衣装に合わない気がすると言われても、よくわからない。合わない気がするならば最初から候補に入れなければ良いのではないだろうか。そう思っても余計なことを言えば、おばあ様の場合はうんざりするほど話が長くなったものだ。そんな私の経験談を語ると、オルトヴィーン様はよくわかると言わんばかりに大きく頷いた。

……仲間だ！

「其方とはとても仲良くなれそうだ。ヴィルフリートと呼んでも良いだろうか？」

オルトヴィーン様がニッと笑いながらゲヴィンネンの駒を動かす。まさに、私も同じことを考えていたところだ。

「はい。恐れ入ります。私もオルトヴィーンとお呼びしてもよろしいのでしょうか？」

「あぁ、構わない。言葉も崩してくれ」

上位領地が相手なので一応お伺いを立てたが、すぐに頷いてくれる。

……オルトヴィーン、か。

貴族院で初めて友人と呼べる者ができたことが、私はとても嬉しかった。

「やはり男は男の社交をすべきだな」

ゲヴィンネンには負けたが、新しい友人ができ、オルトヴィーンにゲヴィンネンで勝つという目標を得たことで私の気持ちは晴れ晴れとしていた。これからは男同士の社交の予定をなるべく入れて、女性のお茶会の回数を減らしていこうと思う。来年はシャルロッテもいる。妹二人に振り回されてお茶会に引っ張り出されては大変なことになるだろう。今から少しずつ女性のお茶会から遠退き、来年は毅然《きぜん》とした態度で断るのだ。

……うむ。完璧な計画だ。

私の計画が完璧だったのは、ほんの束《つか》の間のことだった。本格的な社交シーズンに入ってしばらく経つと、他領や自領の貴族達から「男の社交ばかりに出かけるのではなく、領主候補生として他領の領主候補生を招いたお茶会を開催してほしい」という要望があちこちから届くようになった。

一度開催すれば、しばらくお茶会が続くことになるだろう。私一人ではとても処理しきれない。

おまけに「ローゼマインの帰還はいつまでだ？」という質問が王族や上位領地から次々と寄せられるようになってきた。

「父上、できるだけ早くローゼマインを貴族院へ戻してください！」

「残念ながら領地対抗戦の間際まで戻せぬとフェルディナンドが言っている。これ以上問題を起こされては其方も困るだろう？」

最初はその答えに頷いていた。確かにここでローゼマインに問題を起こされては困る。父上や叔父上が領地対抗戦の間際まで戻さない方が良いと考えているならば、きっとその方が問題は少ないだろう。だが、男の社交にアナスタージウス王子が現れてゲヴィンネンの勝負中にずっとローゼマインの帰還について問われるようになり、私はすぐさま意見を変えた。王族に問い詰められるよりローゼマインの問題行動を報告書に書く方がよほどマシだ。

「父上、ローゼマインがいないことで問題が起こっているのです。せめて、いつ戻るのか、正確な日だけでも教えてください！」

いてもいなくても大変な存在、ローゼマイン。私の妹が貴族院へ戻ってくるのはもうじきだ。

トラウゴット視点

予想以上にひどい罰

「ユストクス、トラウゴットのことを頼みます」

母上が叔父上に私のことを頼んでいるが、みっともなくて恥ずかしいので早く貴族院へ出発したいものだ。私は一族会議を終えて貴族院へ戻れることに心底安堵していた。領主一族の側近を辞任したことが貴族間で問題になるとはいえ、お説教続きでげんなりしている。

……おじい様は唯一の孫娘だからとローゼマイン様を贔屓《ひいき》しすぎではないか？

父方の祖父であるボニファティウス様が、御自身の孫の中では唯一の孫娘であるローゼマイン様を溺愛《できあい》していることは有名だ。だが、あまりにも溺愛しすぎていて目が曇っていると思う。

「其方がローゼマインを軽く考えて扱うとは何事か！　身分差も理解しておらぬとは愚かにも程があるぞ！」

そう言われても、ローゼマイン様が領主一族の中で一番血筋が劣っていることは動かしようのない事実だ。他領の領主一族の血を引くヴィルフリート様やシャルロッテ様とは比べものにならない。正直なところ、一部の上級貴族と比べても劣っている。

私はおじい様の孫という点ではローゼマイン様と同じだし、母方の血筋を見れば、ローゼマイン様がライゼガングで、私は領主一族の傍系だ。私の方が優れているくらいである。多少軽く見られても仕方がないと思う。

おじい様はそれだけではなく、私が魔力圧縮の方法が知りたいという理由でローゼマイン様の側近を選んだことに激怒し、ディッター中にローゼマイン様の指示に反抗的な言動を取ったことに憤《ふん》慨《がい》し、アンゲリカとの婚約は解消させると怒鳴っていた。

……それほど怒るようなことだろうか？

母方の祖母であるリヒャルダは「どのような理由で側近になっても、きちんと仕えれば問題はない」と言っていた。ならば、魔力圧縮が理由でも問題あるまい。私は魔力圧縮のことがなければ、ヴィルフリート様の護衛騎士になっていただろう。ちょっと雪玉が当たったくらいで倒れるような主を守るなんて面倒な仕事は、本音を言えばしたくなかった。それに、女性の領主候補生の社交はお茶会がほとんどだ。そこに突っ立っているのが護衛の仕事だなんて、あまりにもつまらない。それよりも同性の領主候補生の護衛騎士になって、一緒に狩りへ行ったり、ゲヴィンネンの相手を命じられたりする方がよほど楽しいと思う。

……私は魔力圧縮の方法を知るために、最悪の主に我慢して仕えてきたのだぞ。

確かにディッターに首を突っ込んで口を出してきた時には、主が相手だというのに我慢できずに多少反抗的な態度を取ったかもしれない。だが、雪玉で倒れるような子供にディッターの何がわかるというのか。ディッターをしているというのに攻撃に出ることを禁じられ、不愉快極まりない思いをしていたのは私の方だ。

それに、アンゲリカとの婚約は、愛弟子を自分の一族と娶《めあわ》せたいと考えたおじい様が言い出したことだ。私が望んだことではない。騎士としての強さはあるが、成績が悪くて社交に向かない中級貴族のアンゲリカを自分の妻に相応しいと思ったことがないのだ。卒業間際のアンゲリカとその親族は困るかもしれないが、婚約を解消されたところで私は痛くも痒くもない。

領主一族のおじい様が怒るので両親も私を責め立てるが、私自身は現状に満足している。もう私は自由だ。ハルトムートが余計なことを言った時はヒヤッとしたが、慈悲深いというか、甘っちょろい主で助かった。ずっと知りたいと思っていた魔力圧縮の方法を教えてもらえることになったし、解任ではなく辞任になった。怒り狂うおばあ様を止めてくれたし、貴族としての傷は浅い。

……口うるさいおばあ様や両親が何と言っても、私はもう辞めたのだ。側近ではない。

身体強化の補助魔術具をつけなければ動けないくらいに弱っていて、外見が幼すぎて他領の貴族達から嘲笑《ちょうしょう》される子供を主と呼ぶこともない。文官に本を取りに行かせれば終わる話なのに、側近の都合も、領主候補生に日参されるソランジュ先生の都合も全く考えずに息を切らしながら図書館へ日参する迷惑な暴君に付き合わされることもない。

こうして一族会議が開かれて叱られるのだから私も「失敗した」と思っているが、それはローゼマイン様にお仕えしたこと自体が失敗したのであって、辞任したことではない。

……私は自由だ。

いや、まだ完全な自由ではない。貴族院の後半では叔父のユストクスが私の側仕えとして付けられることになったのだ。親族の監視付きということである。

「いくら一族の命令でもこんな無能の甥《おい》の側仕えは嫌ですよ、私は」

無能に無能と言われたことに腹が立った。叔父上は自分の趣味に走りすぎて主にまともに仕えることができないからゲオルギーネ様の側近候補から外され、先代アウブの命令でヴェローニカ様に疎まれていたフェルディナンド様に付けられたと聞いたことがある。

それでも、おばあ様が「わたくしがトラウゴットの側仕えになり、根性を叩き直しましょう」と叫んでいたくらいなので、多少無能でも側仕えが叔父上で助かったと思う。フェルディナンド様に解任されていないのだ。側仕えとして一通りのことはできるだろう。

自分の考えに納得していたら、カルステッド様が一枚の書状を取り出し、叔父上に渡した。

「フェルディナンド様からはちょうど良いのでユストクスを貸し出す、と承諾書を得た」

「……ちょうど良い？」

叔父上が承諾書を見て、ふむふむと頷く。直後、「わかりました。行きましょう」と前言を撤回した。どうやら叔父上は主の命には従順なようだ。ならば、私の側仕えとなってもそれほど問題はないだろう。私にとってもちょうど良い。

「母上は父上に付いていてください。また少しお加減が悪くなったのでしょう？」

「……其方が問題を起こしたからですよ、トラウゴット。自分の立場を貴族院でよく学んできなさい。よろしいですね？」

母上に睨まれながら私は叔父上と一緒に転移陣に乗り込んだ。貴族院へ戻ればこっちのものだ。

この時の私は本気でそう思っていた。

「では、私は多目的ホールへ向かうからな」

「何を言っているのだ、其方は？　さっさと来い」

貴族院へ戻ったので、いつも通り自室が整うまで多目的ホールで待とうとしたら、叔父上に首根っこをひっつかまれて自室へ連れていかれた。もしや、お説教かと身構えたら、叔父上は「早急に片付けろ」と自室に運び込まれた木箱の山を指差したのである。

「は？　私が荷解《にほど》きをするのか？　側仕えである其方の仕事ではないか」

「さっさと荷解きしなければ着替えさせることもできないし、私の仕事ができない。早くするように」

意味がわからない。叔父上の仕事が荷解きではないのか。

「ユストクス、其方……」

「叔父上と呼べ。私が其方の側仕えとしてここに来ているのは、主従契約の結果ではない。あくまで一族会議で決められ、私の主がそれを許可したからだ。其方は私の主ではない。それを忘れるな」

「な、ななな……」

確かに主従契約はしていないが、側仕えとして貴族院へ同行するならば叔父上の主は私になるはずだ。意味がわからない。

「私は主であるフェルディナンド様から貴族院における情報収集と寮内の把握、文官の育成などを頼まれている。其方の側仕え業務は最もどうでもいい仕事なので、空いている隙間時間に行うことになる。忙しいので私の邪魔をするな」

叔父上はそう言うと、私の荷物ではなく自分の荷物を解き始めた。

「は!?　この貴族院においての主は私で……」

「私の主はいついかなる時もフェルディナンド様だ。其方は一族から与えられた罰を受けている最中であることを忘れたのか？　ずいぶんとおめでたい頭をしているな。……いくら無能とはいえ、そのくらいは理解してくれ。面倒くさい」

叔父上はなんと自分の荷物しか片付けず、その後は私の机を使って書類を読み始めたのである。せめて、終わったならばこちらを手伝うくらいはしてくれても良いだろう。

「叔父上、自分の荷物を解き終わったならば私の……」

「その程度の片付けもまだできていないのか？　せめて、私が寮内を一回りしてくる前に何とかしておくように」

心の底から馬鹿にするような目で私を見てそう言うと、書類を手に部屋を出て行ってしまったのである。私は叔父上が本気で荷解きを手伝う気がないことを悟った。たった一人しか連れて行けない側仕えに叔父上を付けられたせいで、普通の貴族らしい生活もできなくなったということだ。

……これが一族からの罰だというのか。

私が悔しさに歯を食いしばりながら荷物を片付けていると、叔父上が戻ってきた。「まだ終わっていないのか？」と部屋を見回した後、私の机に座って書き物を始める。その姿はまるで文官だ。

……何をしているのか知らないが、碌なことではないだろう。

よく考えると、私は叔父上のことをあまり知らない。母上やおばあ様がよく「ユストクスは本当に役に立たない情報が好きなのですから……」と呆れた顔で言っていた記憶はあるけれど、直接顔を合わせた回数は多くない。

「うん？　オルドナンツ？」

部屋に白い鳥が入ってきたのを見て、私は止まれるように腕を出した。けれど、オルドナンツは私を素通りして叔父上の前に降り立つ。

「コルネリウスです。貴族院へ戻りました。もうじきローゼマイン様が到着します」

三回そう言うと、オルドナンツは黄色の魔石に戻る。叔父上は「わかりました。挨拶に向かいます」と返事をした後、ペンを置いた。

「ローゼマイン様に挨拶せねばならないというのに、其方はまだ荷解きをしているのか？　いくら何でも遅すぎるぞ。本当に姉上の息子か？……あぁ、父親が父親だから仕方がないのか」

「叔父上、今何と……」

「さっさと片付けろと言ったのだ」

叔父上はそう言って残りの荷物を片付け始めた。あっという間に片付いていく様子を見て、できるならば早くしてほしかったと思う。側仕えとしての教育を受けていない騎士見習いの私に、叔父上は多くを求めすぎだ。

「行くぞ、トラウゴット」

「……どこに行くのですか？」

「其方は本当に他人の言葉を聞いていないな。ローゼマイン様が貴族院へ戻られるので挨拶に行くと言ったではないか」

馬鹿を見るような目で見られて、私はカッとした。

「私の側仕えが何の挨拶をするのだ？」

「私はフェルディナンド様から頼まれた仕事がある。それに、其方はローゼマイン様に謝罪せねばなるまい。まさかあれだけ一族会議で叱られて、自分が何をしたのかわかっていないとは言わないだろうな？」

……それほど大変なことはしていないと思うが……。

私はそう思ったが、余計なことを言って叔父上から報告され、貴族院が終わった後でまた一族会議を開かれるのも面倒だ。ローゼマイン様に形だけ謝罪しておくのが無難だろう。

「ご無沙汰《ぶさた》いたしております、ローゼマイン姫様」

私が何か言うより先に叔父上が声をかけた。私が紹介するより先に側仕えが声をかけたらローゼマイン様が驚くだろう。そう思ったのに、ローゼマイン様は笑顔で叔父上を受け入れた。

「プランタン商会からユストクスにとても世話になったと聞きました。二年間、色々と骨を折ってくださったのですってね。助かりました。これからもよろしくお願いしますね」

……叔父上に世話になっただと？

滅多に顔を見なくて、何をしているのかよくわからない叔父上とローゼマイン様の間に繋がりがあったことに驚いた。そういえば、フェルディナンド様はローゼマイン様の後見人だ。だが、後見人の側近とそこまで親しいと思わなかった。

……これまで叔父上はどのような仕事をしてきたのだ？　おばあ様や母上から聞いていた愚痴《ぐち》から無能だと判断していたが、実は違うのでは？

「うぐっ！」

考え込んでいたら脇腹に激痛が走った。叔父上が肘《ひじ》で思い切り突いたのだとわかるまでに数秒かかる。「突然何をするのだ!?」と言いたいが、あまりの痛みに声が出ない。無様に叫ばないように耐えるので精一杯だ。

「トラウゴット、其方、姫様に申し上げることがあるだろう。何をぼんやりしているのだ？」

威圧的な低い声と冷たい視線にゴクリと息を呑んだ。ものすごい怒りを感じ、逆らうこともできない。私は奥歯を噛みしめて脇腹を庇《かば》いながらローゼマイン様の前に跪《ひざまず》いた。

「……私の浅はかな考えで、ローゼマイン様には大変失礼いたしました。本当に申し訳ございません。心から謝罪いたします」

……これで良いだろう？

そう思っていたら叔父上は更に冷たい目になった。私の謝罪を受け入れてはならないとローゼマイン様に言い、その後は私を完全に無視して文官教育について話をしながら多目的ホールへ入っていく。私の存在は完全におまけだ。

多目的ホールに入ると、ローゼマイン様を出迎える者達が近付いていく。私はもうローゼマイン様の側近ではないので離れようとしたら、先程肘鉄を食らった脇腹を叔父上に再び強打された。

「ぐふっ……」

「どこに行く気だ？　姫様との話が終わるまで其方は私から離れるな。其方はいい加減に自分の立場を弁《わきま》えよ」

周囲には聞こえない程度の声で言われている途中でローゼマイン様から声がかかった。私ではなく、叔父上に。

「頼るべき寮監がいないのです。今はトラウゴットの側仕えではなく、フェルディナンド様の文官として助言をいただけませんか？」

……フェルディナンド様の文官として？　側仕えではなく？

意味を理解できない私と違い、ローゼマイン様と叔父上の間では当然の認識のようだ。叔父上は周囲の学生達から現状を問い、次々と的確な指示を出していく。私が考えていた無能とは大違いの姿に目を見張った。

叔父上の評価を修正した翌日、私は側仕えを交代すると告げられた。

「今日、私は王族のお茶会に同行することになっている。その間は母上が其方の側仕えとして動くそうだ。私は今から準備を整えるので、其方は多目的ホールに行きたければ行っても構わない」

「……そうですか」

決定事項として伝えられているのに私が何を言ったところで無駄だろう。私は軽く頷いた。自分の仕事を優先する叔父上よりは、多少説教臭くてもおばあ様の方が側仕えとして働いてくれるに違いない。少しばかり安堵の息が出た。

私は先に多目的ホールへ行った。領地対抗戦の話し合いをすることになっているからだ。領地対抗戦の話し合いはヴィルフリート様の側近を中心にすると言われているが、ディッターについてはコルネリウスとレオノーレの発言権が大きい。

ローゼマイン様の帰還中に行われた宝盗りディッターの再戦で完敗したため、初戦で活躍したローゼマイン様の指示と護衛騎士達が見直されているからだ。レオノーレが集めた全員の資料や魔物の攻略方法を基に作戦の練り直しがされ、連携の重要性が何度も強調された。「連携を乱すな」とディッターの最中に何度も言われていた私は、非常に肩身が狭い。「速さを競うディッターで重要なのは、連携より攻撃力ではないか」と発言しても「まだ連携の重要性がわからないのか」と黙らされる。ここまで自分の発言が無視されるのは初めてだ。

「……あら？　どなたでしょう？」

不意に見慣れない女性が多目的ホールに入ってきた。母上より恰幅《かっぷく》が良いが、母上に似ている。それが誰なのか、私には一目でわかった。叔父上だ。

……何をしているのだ、叔父上は⁉

王子のお茶会へ行く準備をすると言っていたが、それがまさかこのような女装だと誰が思うだろうか。私は叔父上を止められそうなおばあ様に視線を向けた。非常に嫌そうに顔をしかめているが、止める気配はない。

……まさかおばあ様は知っていたのか⁉

裏切られた気分で口をパクパクさせていると、叔父上はローゼマイン様の前に進み出て跪いた。ローゼマイン様は驚いた顔になっている。初めて見たようだ。

……お願いします、ローゼマイン様。「今すぐに着替えてこい」と叱り飛ばしてください！

私の必死の願いは空しく、ローゼマイン様は「声も変えられるのですか？」と首を傾げた。驚いているところが違う。

……良いのですか⁉　貴女が連れて歩くのですよ⁉

何故それほどすんなりと受け入れられるのか知らないが、ローゼマイン様はそういうものとして受け入れているし、ハルトムートは「自分にも必要な技能か」と考え込んでいる。

……そんなものが文官に必要な技能なわけがないだろう！

母上の名をかたる叔父上に抗議しても受け流され、寮中の学生達に可哀想な者を見る目で見られる。これが一族からの罰だというならば、あまりにもひどいのではないだろうか。

「おばあ様、これが一族からの罰だというのですか？」

ローゼマイン様と叔父上達が出かけるのを見送った後、私は自室に戻っておばあ様に尋ねた。

「えぇ、この状況に甘んずることが其方への罰です。……実は、其方を神殿へ入れるという案もあったのですが、姫様に反対されました。そして、フェルディナンド坊ちゃまからユストクスを貴族院へ入れるために協力してほしいと今回の件を相談されたのです」

側近を辞任することが、貴族としての生活を取り上げるほどの罪だと言われ、私はゴクリと息を呑む。それほどのことだと思っていなかった。

「わたくしもあの状態のユストクスを姫様に付けるのは非常に不本意ですよ。ですが、ジルヴェスター様やフェルディナンド坊ちゃまの要望で、ローゼマイン姫様が受け入れているならば仕方がありません。この状況を我慢することが、わたくしに与えられた罰でしょう」

「おばあ様の罰……？」

「其方を姫様の側近に推薦したのは、わたくしですからね」

おばあ様が肩を落として頭を左右に振った。私はおばあ様と話をした時のことを思い出す。あれはまだローゼマイン様がユレーヴェに浸かって眠っていた頃、ヴィルフリート様から護衛騎士の打診があった時のことだった。


「トラウゴット、其方はヴィルフリート様の護衛騎士になるのではなく、ローゼマイン姫様の目覚めを待つのですか？」

「はい、おばあ様。私は魔力圧縮の方法を知りたいと思っています。ですから、ローゼマイン様が目覚めた時に私を護衛騎士に推薦していただけると嬉しいです」

ヴィルフリート様の護衛騎士には教えてもらえないのだ。仕方がない。私はローゼマイン様の護衛騎士を望んだ。コルネリウスやアンゲリカが目を見張るような速さで魔力を圧縮して増やしている。同じくらいの強さだった者に離されていくことは耐えがたい屈辱《くつじょく》だった。

「もう一年以上も眠りについている姫様を待てる側近候補は多くありません。トラウゴット、其方は魔力圧縮の方法が目的だとしても、姫様に誠心誠意お仕えできるのですね？　それができるのであれば、わたくしは推薦いたしましょう」

おばあ様に念を押され、私は「はい」と答えながら、心の中で「魔力圧縮の方法を知るまでは誠心誠意お仕えします」と付け加えた。おばあ様はその時その時によって、次々と主を替えている領主一族の側仕えだ。私も同じように目的を達成したら主を替えれば良いだけの話だ、と考えて……。

……おばあ様は次々と主を替えているではないか。私の辞任が何故そこまで責められるのだ？

そう思ったけれど、憔悴《しょうすい》しているおばあ様を問い詰めるようなことはできず、私は口を噤んだ。


「急いで報告書を作成しなければ……。トラウゴット、部屋へ戻りますよ」

ローゼマイン様に同行していた叔父上は寮へ戻ってくるなり、私に部屋へ戻るように言った。まだ領地対抗戦の話をしているのだが、反論する暇もない。皆も「早く行った方が良いのでは？」と部屋に戻るように促してくる。

社交や領地対抗戦を行う上で山積みだった課題を素早く適切に片付けていく叔父上は、ほんの二日くらいで学生達の支持を集めてしまった。学生である私が寮では今や完全に叔父上のおまけ扱いである。「これが罰なのだ」と自分に言い聞かせ、私は自室へ戻った。

「何ですか、叔父上？」

頭に付けていた飾りを外している叔父上に嫌々声をかけると、叔父上はこちらを向こうともせずに「時間がないので脱ぐのを手伝ってくださいませ」と科《しな》を作って言った。

「手伝いますから、この恰好《かっこう》はもう勘弁してください。あと、女性の声も……」

「私の仕事に口出しは無用だ。王族やクラッセンブルクと姫様がどのような会話をしているのか知るために必要なことだから装っているだけだが、収穫は多かった。フェルディナンド様もお喜びになるだろう」

……女装を推奨《すいしょう》するフェルディナンド様は頭がおかしいのではないか？

こんな側近を解任せずにいるのだ。普通ではない。叔父上に髪飾りが残っていないか問われ、私は母上に似た茶色の髪を見て確認した。

「それにしても、女性の側仕えのお仕着せがよく手に入りましたね」

「母上や姉上のお仕着せを見ながら似せて作ったが、お仕着せではないぞ。其方は目も悪いな」

私にはよくわからないが、細かいところが違うらしい。遠目から見て似たように見えれば良いそうだ。それより、もっと気になることをサラッと言わなかっただろうか。

「作ったとは、まさか、自分で……？」

「当然だ。着せてくれる者がいない変装用の衣装なのに、他者の手が必要な服では困るではないか」

……違う。そんなことはどうでも良い。叔父上が裁縫をすることに驚いているのだ！

女装にどれだけ熱意を込めているのか。考えただけで頭が痛い。バサッと鬘《かつら》を取った叔父上が、次は首の後ろの紐《ひも》を引いて解く。前のボタンを隠すための飾りが外れた。

「形は似せて作ってあるが、一人で着られるようにしているし、様々な道具が隠せるようになっている。……ほら」

「スカートを捲らないでください！　見たくないっ！」

あちらこちらの紐を解いたり木箱に片付けたりしているうちに、自分が騎士見習いであるという意識がバキバキに折られていくような気分になった。

だが、意外なことに、叔父上の女装は寮内で普通に受け入れられた。もしかしたら自分には関係がないことと目を逸らされているという方が正しいかもしれない。同時に、叔父上の私に対する扱いがひどいと寮内で広がり、私は周囲から同情の視線を受けることになった。生活を整えてくれる側仕えが自分の都合で動き、好き勝手にするのだ。ある意味、下級貴族よりも扱いが悪いだろう。

ただ、少し冷静になって叔父上の隣で寮内を見回していると、ローゼマイン様の側近が中心になって寮内を回していることに気付いた。これからの主流はヴィルフリート様ではなく、ローゼマイン様になるのではないだろうか。

……私はあの中にいたはずなのに……。

自分から主流を離れたことを後悔した私は、このような生活を終わらせる名案を思い付いた。ローゼマイン様の護衛騎士を辞任したから、このような罰を受けているのだ。叔父上を遠ざけたければ、ローゼマイン様の護衛騎士に戻れば良い。そうすればおじい様を始めとした一族の怒りも解けるだろうし、ひどい罰も終わるだろう。

私は自室へ戻ると、「ローゼマイン様に誠心誠意謝罪して護衛騎士に戻ることにする」と叔父上に告げた。何度か目を瞬いた後、叔父上が鼻で笑った。

「姫様から完全に切り捨てられているのに何を馬鹿なことを……。愚かにも程がある」

「なっ!?　だが……」

……ローゼマイン様は慈悲深くて甘っちょろい。涙でも見せて反省した様子を見せれば許してくれるだろう。

口には出さなかったが、叔父上には私の考えが伝わったらしい。次の瞬間、私のみぞおちに激痛が走り、数秒息が止まった。ゲホッと息を吐き出せた時には投げ飛ばされていて、そこから押さえ込まれて首を絞められる。

「うっ……。ぐっ……」

騎士でもない叔父上に完全に押さえ込まれて太刀《たち》打《う》ちできないという事実に、騎士見習いとしての自尊心が音を立てて崩れていく。

「其方はローゼマイン姫様から完全に見切りを付けられている。自分の周囲をうろうろされたくないし、其方のために時間を使いたくないから罰として神殿に入れようなどと考えないでほしいと母上に言ったそうだぞ。其方は姫様にとって神殿の孤児より無価値だ」

……そんな馬鹿な……。

神殿に入れることを反対したとおばあ様が言った時に「ローゼマイン様はやはり甘い」と思ったが、それが間違いだったと言うのか。いや、そんなはずはない。

完全に意識が落ちる前に首を絞める手が少し緩められ、息ができるようになったが、まだ手は添えられたままだ。私の生殺与奪《せいさつよだつ》の権を握ったまま、叔父上は呆れた顔で私を見下ろしている。

「其方は一族会議であれほど叱られたのに、まだ全く理解できていないのだな？　辞任したとはいえ、解任に近いものであることは貴族院にいた皆が知っている。母上やカルステッド様から報告があるので、当然領主夫妻にも伝わっているはずだ」

「それが何だと言うのだ？　私は誰にも仕えずに騎士団長になったおじい様のようになるのだ。ローゼマイン様は私の望みを理解してくださった」

私の主張に叔父上はしばらく真顔で私を見下ろした後、冷笑した。

「誰にも仕えずに騎士団長になれるのは、領主一族だけだ。上級貴族の其方にはなれぬ。身の程知らずにも程があるぞ」

「そんなはずは……。ローゼマイン様は……」

「其方が騎士団長になれると本当に姫様はおっしゃったか？　其方の望みは理解したと肯定しただけではなく？」

一気に血の気が引いていく。叔父上の言った通りだ。ローゼマイン様がおっしゃったのは「主張は理解した」だった。よくよく考えてみれば「騎士団長は無理ではないか」とおっしゃっていたような気がする。それほど私が強くないと言われているのだと解釈していたが、身分的なことだったのだろうか。

「其方が騎士団長になる道は、其方自身がすでに潰した。其方は白の塔へ入ったヴィルフリート様と同じだ。無知の罪を犯したことを自覚せよ。領主の傍系を誇るしか能がない父親に大きな影響を受けているようだが、周囲の者にとって其方等はただの上級貴族だ。一族の恥を晒すわけにはいかないので、其方が他領へ出ることは許されないだろう、其方の将来はエーレンフェストの一騎士だ」

叔父上の言葉が私の将来を狭め、黒く塗りつぶしていく。私は自分の将来を守ろうと必死に抗《あらが》った。主がいなければ騎士団長になれないのならば、また誰かに仕えれば良い。おばあ様はその時その時によって次々と主を替えているのだから。

「そんなはずはない。叔父上は間違っている。私にもまだ騎士団長になる道はあるはずだ。おばあ様のように主を替えれば……」

「ふざけるな」

次の瞬間、叔父上の目がギラリと光り、首を絞める叔父上の手に力が籠もった。本気の殺意を感じて息が詰まる。

「母上はエーレンフェストに忠誠を誓った領主一族の傍系だ。主を自分の意志で決めることはできず、常にアウブ・エーレンフェストの命令で動き、側近が付きにくい領主一族に仕えている。その生き様を冒涜《ぼうとく》することは許さぬ」

……そんな事情は知らなかった。いや、聞いたことはあったが、どういう意味なのか理解していなかった。

口にしたくても声にならない。息ができない。涙が浮かび、頭が白くなっていくような気がするが、叔父上の手は緩まない。

「あまりにも愚かで反省が見られぬならば、次は確実に引導を渡すぞ」

フンと手を離されると同時に、私の意識は暗転した。

ヴィルフリート視点

叔父上の側近

ローゼマインが戻ってきたその日、トラウゴットの新しい側仕えとしてユストクスもやってきた。ユストクスの采配《さいはい》により、それまで停滞していた頭を抱えたくなるような社交の仕事が全てローゼマインへ向かい、私は楽しい領地対抗戦の準備ができるようになった。それだけでも私はユストクスを高く評価したいと思う。

領地対抗戦での準備についてもユストクスは色々と助言をくれた。

騎士見習い達には叔父上が素材採集をする上でまとめた魔獣や魔木などの魔物の弱点や攻め方の資料とディッターで使った奇策の数々をユストクスが書き留めた物を渡す。

「団体戦で大事なのは、俯瞰《ふかん》して戦いを見つめ、指示を出せる人間を置くこと。その指示を皆がきちんと聞き入れること。功を焦って独走する者がいれば、そこで作戦など意味をなさなくなる」

そう言いながら、ユストクスはトラウゴットをじろりと睨んだ。トラウゴットはローゼマインの護衛騎士を辞任した騎士見習いだ。私の側近の護衛騎士によると、ダンケルフェルガーとのディッター勝負の折に、ローゼマインからの命令違反というか、主の言うことを全く聞いていない場面があったらしい。リヒャルダが寮で激怒する声を聞いた者も多く、解任に近い辞任だろうという見方が強い。

トラウゴットはボニファティウス様の孫で、その年の割になかなか強く、私も護衛騎士にならないか打診したが、断られたことがある。ローゼマインの護衛騎士になりたいと言っていたのに、辞任することになるとは正直なところ予想外だった。

ローゼマインがエーレンフェストに帰還した後、ダンケルフェルガーから再戦の申し込みがあり、私は断り切れず勝負を受けることになった。あの時、トラウゴットは一番に敵に向かって飛び出していったはずだ。その様子を見て、私は勇敢《ゆうかん》でやる気があると考えたのだが、今のユストクスの言葉と視線から察するに、トラウゴットは独走していたのだろう。

ローゼマインは奇策を使って勝ったらしいが、特に有効な策もなく、攻撃力の要であるコルネリウスとアンゲリカがいないエーレンフェストは、ダンケルフェルガーに秒殺され、完敗した。ガッカリした顔のルーフェン先生がダンケルフェルガーの騎士見習い達に慰められていた。「ローゼマイン様が戻られたら、また申し込めばよいではないですか」と。

……余計なことを言うな！

そんなディッター勝負の後、トラウゴットはエーレンフェストに呼び戻されていた。

そして今日、ローゼマインと同じ日に寮へと戻ってきたのだが、側仕えはユストクスになっているし、本人は悄然《しょうぜん》としているので、ローゼマインの護衛騎士を辞任したことについて親族に叱られたに違いない。トラウゴットの親族といえば、一番に思い浮かぶのはボニファティウス様だ。叱る時には怒りの鉄拳が炸裂《さくれつ》すると聞いたことがある。

……トラウゴットが死なずに済んだようで何よりだ。

そういえば、ユストクスは父上や叔父上から文官としての仕事もたくさん任されているとローゼマインが言っていた。トラウゴットの世話をしながら、文官仕事をさせられるとは非常に大変だと思う。だが、寮監であるヒルシュール先生が全く当てにならないので、頼りにしたいものだ。

「ユストクス、ヒルシュール先生は領地対抗戦で図書館の大きなシュミル達について研究発表をするようだが、問題ないのか？」

図書館の大きなシュミルは昔の王族の遺物だ。あれを巡って起こった騒動を考えるとどうしても慎重《しんちょう》になってしまう。

ローゼマインがあのシュミルの主となってしまった時に、言えるものならば「今まで動いていなくても何とかなってきたのだから、主の地位など放棄しろ」と言いたかった。

けれど、ローゼマインの図書館への思い入れとソランジュ先生の喜びようを見れば、そのようなことも言えず、私は騒動を起こさないための一番簡単な方法を手放すことになった。

……その結果があれだ。私の全ての苦労はあのシュミルから始まったのだと思う。

新しい主の仕事として採寸を行うことになり、ヒルシュール先生が暴走し、ダンケルフェルガーと事を構えることになって、ディッター勝負にもつれこみ、王子と交流を持つことに繋がった。今度は慎重に行きたい。

私の質問にユストクスはゆっくりと顎を撫でながら考え込む。

「……大きな問題はないと思われますが、明日、姫様が王子と面会するようなので、その時に質問してくださるようにお願いしておきます。王子の許可があれば、ヴィルフリート様の不安は解消されるでしょう」

「うむ、よろしく頼む」

不安要素は一つでも消しておくに限る。ローゼマインと関わるようになって、私はそれを学習した。何事にも先回りは大事だ。大体はローゼマインのやることが突飛すぎて失敗するのだが。

「今年の領地対抗戦で一番大変なのは、側仕え見習いでしょう」

「そうなのか？　毎年、一番仕事がなくて手持ち無沙汰だと聞いているが……」

「フッ。懐かしいですね。フェルディナンド様が入学された年も同じようなことを言っていた側仕え見習いが痛い目を見ていましたよ」

ユストクスが昔を懐かしむように目を細め、小さく笑った。

「……痛い目、だと？　一体叔父上は何をしたのだ？」

「フェルディナンド様はいつも通りです。涼しい顔で最優秀の成績を収めただけです」

叔父上が貴族院に入った時は、父上が最終学年で、二人の領主候補生が在籍する状態だったようだ。皆の雰囲気を盛り上げ、やる気を引き出しながら仕事を割り振るのは父上が上手く、実際の準備の進行や不備がないかの点検は叔父上が上手かったようで、よく噛み合っていたらしい。

「フェルディナンド様が優秀だったこと、ジルヴェスター様がフロレンツィア様をお招きするために張り切っていたこと……色々な理由が絡み合い、あの年の領地対抗戦でエーレンフェストは例年以上の賑わいを見せました」

そう言った後、ユストクスは表情を曇らせた。

「来客数が想定以上に激増し、エーレンフェストの側仕え見習いだけでは捌《さば》ききれないような状態になってしまったのです」

「ぬ？」

大混乱に陥り、学生達についてきていた側仕えも動員されたが、それでもお茶やお菓子が足りない状態になってしまい、側仕え見習い達の領地対抗戦での評価は最低となってしまったと言う。

「今年はヴィルフリート様とローゼマイン様がいらっしゃいますし、流行の発信、上位領地からの注目、王子との関与など、あの時以上の混乱が予想されます」

ユストクスの言葉に側仕え見習い達がザッと顔色を変えた。

「今の想定の三倍はお茶とお菓子を準備し、学生の側仕え達をいつでも出動させられるように待機させるくらいしておかなければなりません」

「……三倍だと？」

それほど必要だろうか、と疑わしそうな顔の側仕え見習いと「聞き入れるかどうか判断するのはヴィルフリート様です」と肩を竦めるユストクスを見比べて、私は少し考え込んだ。

「ユストクスの言う通りにしておけ。ローゼマインがいない間の混乱状態を見ても、今年は今までの経験が役に立たぬことは明白だ。経験者の忠告は聞きいれた方が良かろう」

側仕え見習いが真剣な顔になって、打ち合わせのやり直しを始めた。先達であるユストクスに話を聞いている。


この頼りになる叔父上の側近が嬉々《きき》として女装し、リヒャルダの代わりにローゼマインの側仕えとして貴族院の中を歩き回るようになると知るのは次の日の事。そんな変わり者を側仕えに付けられたトラウゴットに同情の視線が集まるのに、それほどの時間はかからなかった。

ユストクスといい、ローゼマインといい、叔父上は有能な変わり者を周囲に置くのがお好きなのかもしれない。変わった趣味だ。

……そうか。叔父上も変わっているのか。

ポンと手を打った瞬間、何故か首元がひやりとしたような気がした。

ハンネローレ視点

エーレンフェストのお茶会

全ての領地を招待する、大規模なお茶会がエーレンフェストで開かれることになりました。エーレンフェストには女性の領主候補生がいるため、上級貴族では他領の領主候補生を招くお茶会が開催できなかったのでしょう。ヴィルフリート様でもお茶会を開くことはできるのですが、男性の社交が忙しかったのだと思います。ローゼマイン様が貴族院へ戻られてすぐにエーレンフェストから招待状が届きました。

「全く忌々《いまいま》しい。あの聖女を騙《かた》る子供はダンケルフェルガーの申し出を断ったのだぞ。ハンネローレもお茶会に参加する必要などない」

お兄様によると、これまではエーレンフェストがお茶会を開いても、真ん中から下位の領地しか参加しなかったため、今回もダンケルフェルガーが参加する必要などないそうです。けれど、わたくしはこのお茶会こそ時の女神ドレッファングーアのお導きだと思うのです。ずっとすれ違っていたローゼマイン様に、やっと謝罪する機会が与えられたに違いありません。

「いいえ、お兄様。わたくし、この機会にローゼマイン様と一度きちんと面識を得たいのです」

わたくしがどうしても参加したいと主張すると、お兄様は仕方なさそうに参加を許してくださいました。自分の側近であるケントリプスをお茶会に連れて行くことを条件に。

……文句は言ってもエーレンフェストのことが気になって仕方ないのでしょうか。

わたくしはお兄様の条件を受け入れました。お茶会に参加できる方が大事です。

「ハンネローレ様、ハンネローレ様。お茶会ではぜひともローゼマイン様にディッターの再戦をお願いしてください」

ディッターの再戦を諦めていないルーフェン先生にすがるような目でそう言われ、わたくしは眉をひそめました。

「寮監のヒルシュール先生を通して、正式にお断りされたではございませんか」

ローゼマイン様が戻ったことを知ったルーフェン先生が再戦を申し込むと、「図書館のシュミルがかかったディッターは、主としてダンケルフェルガーとの対戦に応じました。けれど、ローゼマイン様は騎士見習いではなく、参加資格のない一年生です。そのため、再戦には応じられません」と至極《しごく》当然の理由で断られました。ルーフェン先生はひどく嘆いていますが、どう考えてもヒルシュール先生の言い分の方が正しいでしょう。

「ローゼマイン様は御不在期間が長かったため、社交に忙しいと文官見習い達から聞いています。とてもディッターをしているような余裕はないのではございませんか？」

個人的にお茶会を開けないか、とわたくしがエーレンフェストに申し入れたところ、アナスタージウス王子やクラッセンブルクのエグランティーヌ様からすでにお招きを受けていて、これ以上は無理です、とお断りされてしまいました。

他の領地でも今年最も様々な流行を生み出したローゼマイン様と誼を結びたい者は多いようですけれど、「エーレンフェスト主催でお茶会を開くので、そちらにご参加ください」と全てお断りされたと文官見習いからの報告がありました。ですから、個人的なお茶会を断られたとしても、わたくしが嫌われているわけではないようです。

「それでは、行ってまいりますね、お兄様」

「ハンネローレ、相手はどのような手段を使ってくるのかわからぬ。お茶会とはいえ、決して気を抜かないようにするのだ。コルドゥラ、ケントリプス。其方も細心の注意を払え」

お兄様の文官見習いであるケントリプスによると、お兄様は結構心配性だそうです。「全ての領地を招待するため、参加者は一人でお願いします」というエーレンフェストの招待状に何とか二人で行けないものか、と長い時間考え込んでいたと言います。

「わたくし、ローゼマイン様が危険な方とは思えないのですけれど……」

講義中に少し見ただけですし、ヴィルフリート様から伺っただけですが、ローゼマイン様はお兄様が言うように悪辣な方とは思えません。ダンケルフェルガーの騎士見習い達には「自分達の不利を埋めるために奇策を打ち出し、勝利したにもかかわらず、決して驕ることがありませんでした。自分達の弱点と相手の美点を冷静に見つめられる目をお持ちです」と手放しで称賛されています。

……元々ダンケルフェルガーは強さを重視する土地ですもの。ローゼマイン様がルーフェン先生のディッター再戦申し込みに嫌な思いをしていなければ良いのですけれど。

わたくしは三の鐘が鳴ると同時に寮を出て、なるべく早く、けれど、早すぎないように気を付けてエーレンフェストのお茶会室へと向かいました。

コルドゥラが十三の札がかかった扉に付いている魔石に触れて、来訪を知らせるベルを軽く鳴らします。扉がゆっくりと開かれ、わたくしを出迎えてくださったのはヴィルフリート様でした。

「ハンネローレ様、ようこそいらっしゃいました」

「お招きありがとう存じます、ヴィルフリート様。わたくし、本当に今日を楽しみにしておりました」

早くに来たはずなのに、すでに席に着いていらっしゃるディートリンデ様が見えました。そして、ローゼマイン様はフレーベルタークのリュディガー様とお話をされていらっしゃいます。

「わたくしは養女ですけれど、リュディガー様は従妹《いとこ》と認めてくださいますの?」

「できる限り仲良くしていきたいと思っています」

……そのように簡単にローゼマイン様とお話ができるなんて、リュディガー様が羨ましいです。

「ローゼマイン様は……お忙しそうなので、後でまたご挨拶させていただきますね」

間の悪い我が身を振り返り、わたくしはそっと息を吐きました。

ヴィルフリート様にご案内いただき、席に着くとディートリンデ様がニコリと微笑みかけてくださいました。ディートリンデ様は大領地アーレンスバッハの領主候補生で、レスティラウトお兄様と同級生のため、わたくしも今年お茶会に何度かご招待いただいています。

ふわふわとした金の髪と深緑の目が印象的な美しいお姉様で、アーレンスバッハに婿として来てくださる、ちょうど良い年回りで魔力の釣り合う殿方がいらっしゃらなくて困っているそうです。

……次期領主を目指さなくてはならない方は大変なようですね。

わたくしは自分がダンケルフェルガーの領主となることは考えたこともなく、お兄様を支えていくのにちょうど良い領地の方と縁を結ぶことになるでしょう。わたくしの間の悪さや自信のなさでは、王族へ嫁ぐのは難しいとお父様達が話していました。正直なところ、少しホッとしています。

ディートリンデ様と少しお話をしていると、次々とお客様が入ってきていて、クラッセンブルクのエグランティーヌ様もいらっしゃいました。

「ローゼマイン様、お招きありがとう存じます。今日こそわたくしのお友達を紹介させてくださいませ」

エグランティーヌ様とローゼマイン様が親しげな笑みを浮かべて挨拶しているのが目に映ります。エグランティーヌ様の友人に紹介され、お姉様方に取り囲まれているローゼマイン様を見つめました。クラッセンブルクのエグランティーヌ様と交流があるのでしたら、わたくしとは仲良くしてくださらないかもしれません。

先の政変では、共に第五王子に付いたクラッセンブルクとダンケルフェルガーですが、元王女であるエグランティーヌ様を抱えるクラッセンブルクの方が重用《ちょうよう》されていることで、領地同士は少し緊張関係にあるのです。

……エーレンフェストは中立でしたから、まだ望みはあります。ヴィルフリート様はわたくしを忌避《きひ》しておりませんし、アーレンスバッハとも仲が良いようですから、きっと大丈夫です。

そこまで考えて、ハッといたしました。エーレンフェストは中立です。クラッセンブルクとそちら側の社交をローゼマイン様が担当し、ダンケルフェルガーやアーレンスバッハとの社交をヴィルフリート様が担当しているのかもしれません。

……わたくし、なんて巡り合わせが悪いのでしょう。

ガックリと項垂れかけて、わたくしは急いで背筋を伸ばしました。お茶会で落ち込んだ姿を見せるわけには参りません。

「コルドゥラ、わたくし、少し席を外したいと存じます」

お手水《ちょうず》と誤魔化して、わたくしは一度席を外します。そして、個室でガックリと落ち込んで、大きく溜息を吐きました。

……落ち込んではいけません。まだお茶会は始まったばかりですもの。

ダンケルフェルガーもエーレンフェストを見習って、これまで通りにアーレンスバッハなどとの社交はお兄様に、エーレンフェストのような中立領地との社交をわたくしがこなせば良いのです。

……今日こそローゼマイン様に謝罪すると決めたのですもの。

わたくしが気持ちを立て直して席に戻る時、ローゼマイン様が小瓶をお友達に配っている姿が見えました。席に戻ると同時に、わたくしのお手水には同行せずにお茶会の様子を見ていたケントリプスがコルドゥラに何やら耳打ちし、コルドゥラが一度きつく目を閉じます。

「何かありましたの？」

「少し間が悪かったようです。ケントリプスによると、姫様が席を外している間にローゼマイン様がご挨拶にいらっしゃったそうです」

……わたくし、もしかしたら本当に時の女神ドレッファングーアに疎まれているのでしょうか。

せっかく立て直した気持ちがまた折れそうになっています。

「ローゼマイン様、それは何ですの？　とても良い香りがいたしますね」

「リンシャンといって、髪に艶を出すために使う物です。数に限りがございますので、今回はわたくしのお友達に配ろうと思っていたのです」

「あら、ヴィルフリート様のお友達には配りませんの？　同じエーレンフェストの領主候補生ですのに……」

ディートリンデ様が軽く目を見張ってヴィルフリート様へと視線を向けられました。周囲から視線を向けられていたヴィルフリート様が小さく笑いながら肩を竦めます。

「リンシャンを考案したのはローゼマインなのです。それに、女性と違って、私はそれほど髪の艶には興味がないので、このような美容に関する物は基本的にローゼマインに任せています」

エーレンフェストで髪に艶を出すためにリンシャンが流行していることは、ヴィルフリート様に伺い、存じておりました。ローゼマイン様を中心に広げられているのも学生達の話を聞いていると わかりました。けれど、考案されたのがローゼマイン様だということは初めて伺いました。

……ローゼマイン様はお勉強とディッターだけではなく、リンシャンの考案までされているのですか⁉

大領地の領主候補生という立場を必死で取り繕っている自分との違いに呆然としてしまいました。わたくしが呆然としているうちに、ディートリンデ様がローゼマイン様にリンシャンのおねだりを始めます。

「ローゼマイン様、わたくしにはいただけるのですよね？」

「嫌だわ、ディートリンデ様。ローゼマイン様はご自身のお友達に配るとおっしゃったではございませんか。貴女の先程からの言動は、あまりお友達に対するものではなかったと思いますよ」

戸惑うように瞬きをされたローゼマイン様を庇って、エグランティーヌ様が柔らかな笑顔で咎《とが》めました。先にリンシャンをもらったお友達も同意するようにコクリと頷きます。どうやらわたくしが席を外していた内に、ディートリンデ様はお友達とは思えないような言動をされていたようです。

それからディートリンデ様の自己弁護が始まり、ローゼマイン様を大事な従妹だと訴えます。

「ディートリンデ様がわたくしのことを大事な従妹だと考えてくださっていたとは存じませんでした。これからはぜひ従妹として仲良くしてくださいませ」

ローゼマイン様がニッコリと笑ってリンシャンの小瓶を差し出すと、ディートリンデ様は小瓶を受け取って嬉しそうに笑いました。明らかにローゼマイン様が譲ったのがわかり、そつのない対応に感心したのです。

ディートリンデ様がリンシャンをいただくと、我も、我もと周囲の女性が群がっていきます。

「ハンネローレ様はよろしいのですか？」

「……わたくしはリンシャンとは関係なく、ローゼマイン様と仲良くしたいと思っているのです。リンシャンの話題が終わってから、ご挨拶に参ります」

物目当てだと思われたくなくて、わたくしはリンシャンの話題が終わるのを待ちました。リンシャンをもらっておいて、お兄様の謝罪をしても、きっとお心に届かないと思うのです。

話題がエグランティーヌ様の髪飾りから卒業式へと移っていきます。それを絶好の機会と考えて、わたくしはローゼマイン様のところへと向かいました。

……時の女神ドレッファングーアの御加護がありますように。

ぎゅっと胸の前で手を握り、わたくしは一度深呼吸をした後、ローゼマイン様に声をかけます。

「あの、ローゼマイン様……」

「ハンネローレ様」

「わたくし、ローゼマイン様に申し上げたいと思っていたことがございまして……」

側仕えに椅子から下ろしてもらったローゼマイン様へと視線を向けると、当たり前ですが、わたくしよりも背が低いことに気付きました。わたくしは年よりも小さいとよく言われておりまして、自分よりも小さい同級生に初めて会ったのです。

お兄様やディッターのことでダンケルフェルガーが嫌われているのではないかと思っていたので、ローゼマイン様がわたくしを見上げるようにして、嬉しそうに笑ってくださったことに少しだけ安心しました。

……お兄様の行いを詫びるのです。そして、お友達に……。

握っている手に力を込めてわたくしが口を開くのと、ローゼマイン様が口を開くのは同時でした。

「わたくしもきちんとご挨拶しなければならないと思っていたのです。何だかすれ違ってばかりでしたもの」

……わたくし、ローゼマイン様に挨拶もせずに謝罪するところでした！

頭を抱えたくなるような無作法をせずに済みましたが、しっかりとした受け答えをされるローゼマイン様を見ていると、「わたくしは領主候補生に相応しくないのです」と部屋に籠もってしまいたくなります。わたくしは内心落ち込みながらも、何とかその場を取り繕ってきちんと挨拶をしました。けれど、ローゼマイン様はこちらを心配するような顔になっています。

……もしかして、挨拶をすっかり忘れるところだったとローゼマイン様に気付かれてしまったのでしょうか？

わたくしは何か失敗してしまったのではないか、と不安になって周囲を見回しました。何が始まるのか、と好奇心に満ちた目がこちらに向かっているのがわかり、すぅっと血の気が引いていきます。

このような多くの注目を集めた中で、お兄様の失態を説明して詫びるようなことはできません。謝罪したいのはわたくしで、お兄様は正式に謝罪するつもりがないのですから、こっそりとローゼマイン様に謝らなければならないのです。

「わたくし、ローゼマイン様にお兄様のことでお話があったのですけれど、このような場で申し上げることではございませんね。またの機会に致しましょう」

……わたくし、本当に謝ることができるのでしょうか。

お兄様の所業については「あの時は申し訳ありません」と謝るのでも良いでしょう。わたくしはローゼマイン様とお友達になるのです。

……快くお友達になってくださるでしょうか。

ドキドキとしながら、わたくしはローゼマイン様にお願いしました。

「それだけではなくて、その、わたくしとお友達になっていただけないかと思っていまして……」

「ハンネローレ様、大変申し訳ないのですけれど、試供品はもう配り終えてしまったのです」

「……え？」

思わぬ返事にわたくしが目を瞬くと、ローゼマイン様は本当に困りきっているようにおろおろと視線を自分の側仕え達に向けています。

……わたくし、すでになくなっている物を渡すように、と無理難題を押し付けた形になってしまいました。そんなつもりではなかったのです。どうすれば良いのでしょう。わたくしはただ、ローゼマイン様と少し仲良くなりたかっただけですのに。

物目当てと思われたくないと考えたことが裏目に出たようです。顔を伏せることを抑えられず、わたくしは少し俯いて「違うのです」とゆっくりと何度か頭を振ります。

「ローゼマイン様、ダンケルフェルガーのハンネローレ様は図書館によくいらっしゃるとソランジュ先生より伺っております。お友達の証《あかし》として、姫様の本をお貸しするのはいかがでしょう？」

優しく語り掛けるような声でそう言われ、わたくしがハッとして顔を上げると、ローゼマイン様の側仕えがそう提案してくださいました。

「まぁ！　ハンネローレ様は本がお好きなのですか？」

先程までの困りきった顔がパァッと輝くような笑顔に変わって、ローゼマイン様がわたくしを見上げました。ここで「図書館へはシュミルを見るためと、ローゼマイン様を探すために向かっただけで、特に本が好きではないのです」とは言えるわけがありません。

「……え、ええ、そうですね。嫌いではありませんわ」

わたくしがそう答えると、それは、それは嬉しそうにローゼマイン様が頬を薔薇《ばら》色に染めて、金色の瞳を輝かせました。ローゼマイン様がいかに本をお好きなのか一目でわかるような表情です。

「ハンネローレ様、わたくし、騎士物語をいくつか持っているのですけれど、戦いに重きを置いた物語と恋を中心にした物語とどちらがお好みでしょう？　ダンケルフェルガーの領主候補生ですから、やはり戦いに重きを置いた物語の方がお好みですか？」

……どちらも特に好んでいるわけではありませんけれど、どちらかと言えば、恋を中心にした物語の方が読んでいて苦痛は少ないでしょう。

「わたくしはどちらかというと恋を中心にした物語の方を好んでおります」

「では、近いうちに届けさせますね。本が好きなお友達ができて、わたくし、とても嬉しいです」

自分よりも小さいローゼマイン様にとても可愛らしい笑顔でそう言われ、わたくしは少しだけお姉様になったような気がしました。

……何だか本好きのお友達に認定されてしまったようですけれど、何とかローゼマイン様とお友達にはなれたようです。お友達の証に本を借りるのでしたら、こちらからもお貸しした方が良いのではないかしら？

本はとても高価なものです。それを貸してくださると言うのですから、ローゼマイン様はこちらを信頼している、と示してくださっています。わたくしもそれに値する物を差し出した方が良いでしょう。

「あの、でしたら、わたくしからも代わりに何か本をお貸しいたします。ローゼマイン様はどのような本がお好みですの？」

「わたくし、本ならば何でもよいのですけれど、できればダンケルフェルガーに伝わっているような騎士物語や恋物語があれば、拝読《はいどく》したいです」

少し考え込んでいたローゼマイン様がそう言いながら、とろけるような笑顔を浮かべました。嬉しくて仕方がないことがよくわかります。お茶会を取り仕切っていた時よりずっとあどけなくて、年相応の笑顔に見えました。

「わかりました。なるべく早く届けさせますね。どうぞ仲良くしてくださいませ、ローゼマイン様」

わたくしがローゼマイン様の小さな手を取って、少し力を入れると、ローゼマイン様も握り返してくださいました。

「こちらこそ、ぜひ仲良くしてくださいませ、ハンネローレ様。……あ……」

笑顔でそう言いながら、ローゼマイン様はその場に崩れ落ちました。

手を握った瞬間に糸が切れた操り人形のようにその場に崩れ、わたくしは何が起こったのかわからないまま、その勢いにつられてその場に座り込みました。

「……え？　きゃ、きゃあああぁぁぁっ！」

「ローゼマイン！」

「ヴィルフリート様、この場を収めてくださいませ。わたくしは姫様をお部屋に連れて参ります」

ローゼマイン様の側仕えが「よくあることなのです」と言いながら、ローゼマイン様を抱きかかえて寮へと戻っていきました。

周囲が騒然とする中、ヴィルフリート様やエーレンフェスト寮の者は「ローゼマイン様はお身体が弱く、よく倒れられるのです」と説明しています。

「わ、わたくしが手を握ったからでしょうか？」

「違います、ハンネローレ様。ローゼマインは本当に虚弱なのです」

「わたくし、こんなことになるとは思わなくて……。ローゼマイン様と本当に仲良くしたいと思っただけで……」

「今回は本当に大したことはありません。私は初対面の時など……」

ヴィルフリート様がローゼマイン様の洗礼式の日に手を引いて走って大変なことになったこと、雪玉を数個当てられてローゼマイン様が意識を失い、騎士が真っ青になったことなどを話して、「よくあることだ」と慰めてくださいます。

それでも、かくりと力が抜けてその場に伏したローゼマイン様のお姿が目に焼き付いて離れません。ずるりと力なく落ちていく手の感触が今もわたくしのてのひらに残っています。

ヴィルフリート様がわたくしを寮まで送り、ルーフェン先生にお茶会で起こったことを説明してくださいます。そして、わたくしを驚かせたことを詫びて帰られました。

「なんだと？　それは本当か、ケントリプス。ハンネローレが手を握って、あの聖女を倒しただと？　よくやった！　其方もダンケルフェルガーの領主候補生らしいところがあるではないか」

「レスティラウト様、私の報告を素直に聞いてください」

「ケントリプスの言う通りですわ、お兄様」

真実を淡々と述べるケントリプスの報告を、一体どのように聞けばそれほど曲解できるのでしょう。わたくしが怒っても全く意にも介さず、お兄様は「わたくしが倒した」と言い切ります。ローゼマイン様を心配するわたくしの心情や真実などお構いなしです。わたくしを慰めるためにご自分の失敗談まで話してくださったヴィルフリート様とは大違いではありませんか。

……わたくし、お兄様とヴィルフリート様を交換していただきたいです。

オルトヴィーン視点

ドレヴァンヒェルの姉弟

「オルトヴィーン様、アドルフィーネ様がお呼びです」

「……早速かい？」

私は知らせを持ち込んだ文官見習いを見て顔をしかめる。私が嫌な顔になることはわかっていたのだろう。文官見習いが眉を上げて苦笑した。

「他の領主候補生も同じようなものです。親睦会の前から会議室の取り合いでしたからね」

親睦会から戻るなり、姉上は私を呼び出した。同母の姉弟といえども、寮内では異性の部屋に入ることを禁じられている。そのため、私が呼び出されたのは、寮にある会議室の一つだ。おそらく異母兄妹《きょうだい》や養子達も同じように同母の者達や自分の側近を集めて今年の貴族院をどのように過ごすのか作戦を練っているだろう。

……城以上に寮の方が殺伐《さつばつ》としている気がするぞ。

ドレヴァンヒェルは他領に比べると領主候補生が多い。貴族院入学前に魔力が多くて優秀だと認められた子供は、アウブと養子縁組をするからだ。つまり、第一夫人、第二夫人、第三夫人の子に加えて養子が何人もいるということである。必然的に一緒に育つ同母の兄弟とは協力態勢を取ることが多い。

……平均すると一学年に一人くらいは領主候補生がいるから多いよな。親睦会では他領の領主候補生の少なさに驚いたよ。

せっかく次期アウブを目指せる立場にいるのだから、養子だろうとほとんどの領主候補生はアウブを目指す。けれど、多くいる領主候補の中で次期アウブとして認められようと思えば、何がしかの業績を残さなければならない。そのため、勉学に励み、新しい魔術具を発明しようと研究に没頭する者が増える。側近達も主に続くため、領地全体の成績が向上し、ドレヴァンヒェルは知を武器にする領地と言われるようになった。

……私が最優秀を取ろうと思ったら、敵になるのはダンケルフェルガーの領主候補生ハンネローレ様だろうな。

ドレヴァンヒェルの次期アウブを巡る争いは他領に比べても厳しいと言われているが、そのような争いが起こるにもかかわらず、何故アウブ・ドレヴァンヒェルは養子縁組を盛んに行うのか。

それはユルゲンシュミットの教育に理由がある。領主候補生は領地を治めるため、他の貴族とは違う特殊な教育を受ける。その教育がギーベになる者にも必要だろうと、昔の領主が考えたからだ。

故に、ドレヴァンヒェルでは他領と違ってギーベも世襲《せしゅう》ではない。領主候補生として教育を受けた者がギーベとして土地を得る。ギーベの子がアウブと養子縁組して貴族院を卒業すれば、その子は優先的にその土地のギーベになれる。けれど、養子縁組できる子がいなければギーベを継がせることができない。

……厳しいというか、緊張感があるというか……。

少なくとものんびりと過ごせる領地ではないと思う。のんびりと研究に没頭したい領主一族の中には、貴族院卒業後にわざわざ上級貴族と養子縁組して中央貴族になった者もいるくらいだ。

……グンドルフ先生というドレヴァンヒェルの寮監ですが。

元領主一族でアウブの叔父が寮監である。寮内で私が逆らえないのは、グンドルフ先生と姉上くらいだ。だから、私は姉上の呼び出しを受けて、こうしてノコノコと出向いているわけである。

……それにしても、生まれた時から植え付けられているような、この姉上に逆らえない感覚は何なのだろうか。

私が会議室に入ると、姉上は波を描くワインレッドの髪を触りながら側近達と真剣な眼差しで何やら話し込んでいるのが見えた。何だか嫌な予感がする。面倒くさいことを言い出す前兆のような空気を感じて、私はすぐさま踵を返したくなった。

けれど、私はその場で踏みとどまった。呼び出されて会議室まで顔を出したにもかかわらず、声もかけずに戻ればどうなるか。確実にもっと面倒なことになる。とりあえず、気付かれないくらいに小さく声をかけてみた。

「何の用ですか、姉上？」

気付かれなかったらそのまま帰ろうと思っていたが、姉上はしっかり気が付いた。「相変わらず覇気《はき》のない声ですね」とお小言を言いながら、琥珀《こはく》色の目を爛々《らんらん》と輝かせて手招きする。

「オルトヴィーンも見たでしょう？　エーレンフェストのあの髪の艶と髪飾り！　あれは絶対にこれから貴族院で流行するはずです。そう思わなくて？」

姉上はエーレンフェストの女子学生達が使っていた髪の艶を出す物や珍しい髪飾りに興味津々《しんしん》のようだが、私は特に興味を引かれなかった。髪の艶を出す物が何を使って作られているのか気にはなるけれど、姉上のような思い入れや熱意はない。

……回復薬の改良の方がよっぽど興味深いと思うけれど……。

心の中で反論していても決して口に出してはならない。姉上に知られたら感情にまかせた何倍もの理不尽な反論……論ではなく、言いがかりが降ってくるからだ。

「ぼんやりしていてはダメですよ、オルトヴィーン。うかうかしていると、貴方だってエーレンフェストの領主候補生に追い抜かれるかもしれません。ここのところエーレンフェストの座学の成績が向上していることは知っているでしょう？」

「私がエーレンフェストに、ですか？　ダンケルフェルガーの領主候補生ではなく？」

姉上はからかうようにそう言って笑うけれど、いくら何でも笑えない冗談だ。エーレンフェストは第十三位の領地である。多少優秀な領主候補生がいたところで、ドレヴァンヒェルの領主候補生である私が負けるとは思えない。

「まぁ、エーレンフェストの領主候補生に負けることはないでしょうけれど、ダンケルフェルガーのハンネローレ様には何が何でも勝利なさい。オルトヴィーンは彼女に求婚しなければならないのに、成績で負けていては恰好が悪いですもの」

「……は？」

指を突きつけて言われても困ってしまう。最優秀を得る上で、ダンケルフェルガーのハンネローレ様が一番の敵になると思っていたが、求婚の件《くだり》は全く考えたことがない。この姉上は突然何を言い出したのか。

「ハンネローレ様は第一夫人の娘ですから、上手く結婚までこぎつければ貴方が次期アウブになれるでしょうよ」

三位のドレヴァンヒェルより上位の領地はクラッセンブルクとダンケルフェルガーだけだ。エグランティーヌ様は王族へ嫁ぐことが決まっているので、私の異母兄達と結婚することはない。次期アウブを目指す上で最も有利な花嫁になるのがハンネローレ様だと姉上は力説する。

「……私は研究の方が楽しそうなのでアウブになるつもりはありませんが……」

父上でもないのに私の結婚相手を勝手に決めないでほしいものだ。私が睨むと、姉上は不思議そうに何度か目を瞬いた。

「あら、わたくしはジギスヴァルト王子かアナスタージウス王子のどちらか……エグランティーヌ様が選ばなかった王子に嫁ぐことが決まっているでしょう？　ですから、貴方がアウブになってくれなければ困るのです。王族に嫁いだ後、わたくしの後ろ盾になるドレヴァンヒェルのアウブが異母兄弟達では心許《こころもと》ないもの。心から貴方にアウブになってほしいと思っていてよ」

……アウブになってからも、この姉上に振り回されるなんて真《ま》っ平御免《ぴらごめん》だ。

領地内はもちろん、貴族院でも真面目で成績優秀で頼りがいのある上級生として慕《した》われている姉上だが、外面と中身は大違いだ。弟を側近か何かと混同している節がある。振り回されるこちらの身にもなってほしいと切実に願っている。けれど、異母兄妹達より同母の私と繋がりを持っていたいと考える姉上の気持ちもわからないわけではない。

「どちらにせよ、今年はエーレンフェストが注目を集めるでしょう。同じ一年生に領主候補生が二人もいるのです。しっかり情報を得てきてくださいね、オルトヴィーン」

「私も情報を集める重要性は承知していますよ、姉上」

……などと姉上に胸を張って言っていたのに、ローゼマイン様は早々にエーレンフェストへ帰還する、だと？

シュタープの実技の時間、私はヴィルフリート様とハンネローレ様の会話を小耳に挟んで目が眩《くら》むような気がした。あれだけ流行の兆しを見せそうな物を複数出しておきながら、講義を終えたらすぐに領主候補生が帰還するというのだ。

……髪飾りも髪に艶を出す物も女性向けの流行ではないか。何故ローゼマイン様が帰還するのだ⁉　領主の養女が次期アウブになるならば、これ以上の好機はないぞ⁉

一体何を考えているのかと内心で焦っていたが、ドレヴァンヒェルと違って養子が次期アウブになることが難しい領地もあると聞いたことがある。ローゼマイン様はもしかしたらアウブの実子であるヴィルフリート様に功績を譲るように言われているのかもしれない。

……いや、ならば、成績も控えめにするはずだが……。待て。エーレンフェストの天才フェルディナンド様も次期アウブを望んでいないにもかかわらず、最優秀を大量にかっさらっていったと聞いたことがあるぞ。

グンドルフ先生が「不幸が生み出した孤高の天才」と賞賛していた人物のことを思い出す。次々と新しい魔術具を作り出す天才だったが、母親がおらず、アウブの第一夫人に疎まれ、領地で安穏な心地で過ごすことができない環境だったからこそ育った才能だったらしい。

……思考が乱れているな。落ち着け、私。

私が今すぐに考えなければならないのは、いかにエーレンフェストの情報を得るかだ。姉上に頼まれていたのはエーレンフェストの領主候補生と仲良くなることで、ローゼマイン様と個人的に仲良くなることではなかった。エーレンフェストの領主候補生は一人ではない。ヴィルフリート様が残っている。彼と親交を深めて情報を得ればそれで良いだろう。

実技も含めてほぼ初日に講義を終えてしまったローゼマイン様は完全に別格だが、ヴィルフリート様も領地順位から考えると優秀だ。魔力の扱いは一番に終えたし、シュタープに紋章を付けるなど、他者に受け入れられやすい流行を発信している。

……ローゼマイン様が考案した乗り込み型の騎獣は画期的だが、使用魔力量も多くて誰もが使えるような物でないからな。

親交を持つならばローゼマイン様よりヴィルフリート様の方が付き合いやすいだろう。


「……というわけで、ヴィルフリート様とは講義中にも会話を増やして仲良くなりましたが、ローゼマイン様を姉上のお茶会に招待することは難しくなりました」

会議室に呼ばれた私が、講義中に聞いた情報やヴィルフリート様と親交を深めようと考えていることを報告すると、姉上が頭を軽く左右に振った。

「オルトヴィーン、貴方……。どうせ仲良くなるならば、ヴィルフリート様よりローゼマイン様と仲良くなりなさい。二年間もユレーヴェに浸かっていたというのに、あれだけの流行を生み出し、一年生の最優秀間違いなしの才媛《さいえん》よ」

「あぁ、やはりローゼマイン様が最有力候補ですか」

「オルトヴィーンは驚かないのですね？　わたくしは先程グンドルフ先生から聞いて驚いたところなのですけれど……」

姉上が意外そうに琥珀色の目を瞬かせて私を見るけれど、驚くはずがない。むしろ、私が最優秀の最有力候補である方が驚く。天才の愛弟子はやはり天才ということだろうか。与えられた課題に対して、これまで教えられてきた答えや教師が望む答えではなく、独自の答えを出してくるのだ。教師や体制に対する反抗心などではなく、ごく当たり前の顔で。

「貴方がローゼマイン様の優秀さを認めているならば話は早いですね。エーレンフェストならば娶《めと》るのもそれほど苦労しないでしょう？　オルトヴィーンがアウブになるにせよ、研究に励むにせよ、興味深い方ではなくて？」

……興味深い？　見ているだけならば興味深く見られるのだろうか？

姉上の言葉に私は首を傾げた。ローゼマイン様は様々なことにおいて普通ではない。何と表現するのが適切なのかわからないが、立っているところや見ているところが違う感じがする。ローゼマイン様が何を考え、どうしてそのようなことをするのか、私の感覚ではとても理解できない。そのせいか、私はローゼマイン様を興味深いというより薄気味悪く感じてしまうのだ。

「今年は早々に帰還してしまって全く個人的な話をしていないので、来年はローゼマイン様と話ができるように考えてみます」

……気が向けば。

「ヴィルフリート様はいくつもお茶会に出ているようですけれど、ダンケルフェルガーやアーレンスバッハのお茶会がほとんどでしょう？　しばらくは碌な情報が入らなそうですね」

ヴィルフリート様が出席しているお茶会はダンケルフェルガーやアーレンスバッハ寄りの領地ばかりで、ドレヴァンヒェルとの親交が薄い領地ばかりだ。姉上が参加できるお茶会ではない。

「講義でヴィルフリート様と仲良くなったのでしたら、ドレヴァンヒェルとのお茶会に招けば良いでしょうに……」

「私からお誘いするのに、最初からお茶会というわけにはいかないでしょう？　昨日、男性の社交としてゲヴィンネンにはお誘いしました。一年生の男性領主候補生で集まって、社交週間までに少し慣れておこうという名目で……。承諾の返事が来ています。男性の領主候補生が四人しかいないので、姉上もゲヴィンネンに参加しますか？」

ゲヴィンネンはディッターの盤上遊戯だ。そのため、男性の社交で使用されることが多いけれど、女性の領主候補生にも嗜《たしな》んでいる者は多い。次期アウブになるならば、領地の防御や騎士団の作戦の報告を理解するためにも必須だからだ。ちなみに、私は姉上に負け続けている。ゲヴィンネンは性格の悪い者が強いのではないだろうか。

「……参加は見合わせます。殿方はゲヴィンネンを始めると、情報交換より勝負に夢中になってしまうので時間の無駄になるもの。それに、相手は一年生でしょう？　女性のわたくしが圧勝しては殿方の自尊心が揺らぐかもしれません。それは本意ではなくてよ」

……姉上に男の自尊心を尊重する気があったのか。初めて知ったぞ。

「わたくしはエグランティーヌ様とのお茶会を重ねます。その方が有益でしょうから」

「あぁ、ローゼマイン様は帰還前にエグランティーヌ様とお茶会をしていたようなので、そちらから情報を得る方が手っ取り早いかもしれませんね」

私が自分の文官から得た情報を伝えると、姉上はすでに知っていたように頷き、更に情報を付け加えた。

「エグランティーヌ様によると、ローゼマイン様は早々に帰還したけれど、アナスタージウス王子とも親交があったのですって」

「そうなのですか？　それは知りませんでした。そういえば、ダンケルフェルガーとも何かあったようですよ。ハンネローレ様がそれらしいことを口にしていました」

自分の知らなかった王族の情報を出されて、ついつい対抗心でダンケルフェルガーからの情報を出すと、姉上はギラリと琥珀色の目を光らせた。

「……オルトヴィーン、王族、クラッセンブルク、ダンケルフェルガーとの間ではローゼマイン様と何らかの交流があったというのに、何故ドレヴァンヒェルとの間には何もなかったのかしら？」

……それは私のせいなのか⁉

凄む姉上の声と苛立たしそうに自分の髪をいじっている指の動きが怖い。背中がひやりとしてきた。まずい。これは非常にまずい。ここで「アナスタージウス王子やエグランティーヌ様は学年が違っても交流を持てたのですから、姉上に足りないものがあったのでは？」という本音を出したら、間違いなくとんでもないことになる。

「ヴィルフリート様に、なるべく早くローゼマイン様を貴族院へ戻すようにアウブと交渉すればどうか、と提案しておきます。ローゼマイン様が戻ったらドレヴァンヒェルとお茶会をするように伝えましょう」

ヴィルフリートと私がゲヴィンネン、姉上とローゼマイン様で流行の話をするのはどうかと提案すると、姉上は少し考えて仕方がなさそうな顔で頷いた。

「エーレンフェストとのお茶会では今までになかったお菓子も出されるそうよ。詳しい情報か現物くらいは男同士の社交でも手に入るでしょう？」

「かしこまりました。ゲヴィンネンにお菓子の持ち寄りをすることを提案しておきます」


姉上の怒りを逸らすための提案だったが、男の社交にエーレンフェストのカトルカールを持ってきてもらうことに成功した。側仕えに頼んでおいたので、姉上の分は取り分けてくれている。姉上を会議室に呼んで小さなお茶会の始まりだ。姉上は様々な角度からカトルカールを見た後で、カトラリーを手に取った。

「見た目はずいぶんと素朴ですね」

「ヴィルフリートによると、女性のお茶会にはクリーム、蜂蜜《はちみつ》、果物などを持ち込んで、それぞれの好みに合わせて飾って食べていたそうです」

「アドルフィーネ様、蜂蜜とクリームでしたらすぐに準備できますが……」

姉上の側仕えが気を利かせて声をかけた。姉上は「ええ、お願い」と小さく頷いて準備を頼む。

「それにしても、たった一度のゲヴィンネンでヴィルフリート様と名を呼び合い、言葉を崩すほど仲良くなったのですね」

クリームと蜂蜜が準備され、側仕えの手で皿の上に飾られるまでの間に、私がヴィルフリートと仲良くなったことについて問われた。女性のお茶会にうんざりするという愚痴から共感を覚えて仲良くなったとは言いにくい。

「勝てるゲヴィンネンは楽しいですから。それに、ヴィルフリートだけではありません。ガウスビュッテルのコンラーディンやリンデンタールのダーヴィットとも同じように仲良くなりました」

姉上には負け続けている私だが、ヴィルフリートには油断しなければ普通に勝てる。ダーヴィットには完勝だ。しかし、コンラーディンはつかめない。勝っているが、勝利を譲られている気もする。第三夫人の子だからか、目立たなくてそつがない。

「接待されているかどうかはよく見極めなさいませ」

姉上が注意した時、綺麗に飾られたお皿がコトリと置かれた。姉上は早速カトルカールを一口食べる。

「あら、華やかになったこと。味は……とてもおいしいですね。わたくしはアーレンスバッハの砂糖菓子よりこちらの方が好きです」

「ヴィルフリートによると、ローゼマイン様はおいしい物に目がなくて、自分の専属料理人に色々と研究させているそうです。このカトルカールはプレーンという最も基本的な物で、他に何種類も違う味があるようですよ」

「……何種類も、ですって？」

姉上が理解しがたいというように皿の上のカトルカールをじっと見つめる。

「オルトヴィーン、ローゼマイン様はいつ戻るのかしら？　ヴィルフリート様は何とおっしゃって？」

「ローゼマイン様の帰還はアウブや後見人が決めることになっている、と言っていました。ヴィルフリートの意見が通るならば、もう戻っているはず……だそうです。彼もローゼマイン様が戻るのを待っているのが現状ですよ」

ヴィルフリートとしても様々な誘いがあり、髪飾りなどの情報を仕入れたい女性陣からお茶会を開催してほしいと言われているらしい。女性から声をかけられていても全く羨ましさはない。女性の領主候補生が広げることを前提にした女性向けの流行を、男のヴィルフリートが一人で広げなければならないのは大変だろうと同情するだけだ。

「アウブ・エーレンフェスト達は何を考えているのでしょうか？　流行は皆が興味を持っている時に広げなければ意味がないでしょう？　流行として広げるつもりならば、ローゼマイン様に早く戻っていただくか、ヴィルフリート様がもっと精力的に女性のお茶会に出席するかしなければ……」

「姉上の意見は、上位領地からの忠告としてヴィルフリートに伝えておきます。アウブ・エーレンフェストも少しはお考えを変えるかもしれませんから」

姉上にそう言いながら、ヴィルフリートの言葉を思い出す。彼はローゼマイン様に戻ってきてほしいと口では言っていたが、どうにも歓迎しにくいようだった。

「ローゼマインが戻ってこなくても困るし、戻ってきてもおそらく大変なことになると思う。私は父上のお考えもわかるのだ」

ヴィルフリートは遠い目をしてそう言っていた。一体何を言っているのかと思ったが、ローゼマイン様は外見からは想像できないほど、次々と妙なことをしでかすらしい。ローゼマイン様が講義を通じてやらかしたことを指折り数えるヴィルフリートを見て、私はぞっとした。わざわざ「講義中にしたこと」と言っていたくらいだ。それ以外にも色々としているのだろうと見当が付く。

……ローゼマイン様を結婚相手に考えるのは、ないな。

姉上以上に面倒そうな相手は御免である。私は早々にローゼマイン様を自分の結婚相手候補から外した。


領地対抗戦が近付くということは、社交週間が終わりに近付くということだ。社交よりも領地対抗戦に向けての準備に熱が入り始めた頃、姉上に呼び出された。側近も下げられた会議室に私は息を呑んだ。そのような状態で話をするということは滅多にない。家族で同じように側近を排して話し合いが行われた時は、姉上が王族と婚姻《こんいん》することが内々に決まった時だった。あの時、姉上が泣いていたことを思い出す。

「王族との政略結婚でドレヴァンヒェルの姫が必要ならば、他の者でも良いではありませんか」

「其方が第一夫人の娘だから選ばれたのだ、アドルフィーネ。わかるであろう？」

「わかります。わたくしの立場が重要で、努力や希望など考慮されていないことくらいは……」

自分の実力で勝ち取るものではなく、領地の順位と出自、年回りで決められた婚約を姉上は嫌がっていた。姉上が目指していたのは次期アウブで、王族の婚約者ではなかったからだ。しかも、王子との婚約が決まっても相手は決まっていない。クラッセンブルクのエグランティーヌ様が次期王を選び、選ばれなかった方が姉上の結婚相手になるというふざけたものだ。

だが、姉上は受け入れざるを得なかった。政略結婚とはそういうものだ。王族とドレヴァンヒェルが繋がりを持ち、お互いが利を得るために必要な婚姻で、アウブ・ドレヴァンヒェルが決めたならば逃れられるわけがない。

……あれから姉上は私に「次期アウブを目指せ」と言うようになったのだ。

エグランティーヌ様は政変で家族が暗殺される前は王女だった方らしい。前アウブ・クラッセンブルクが今の王に味方したのも敵討《かたきう》ちのため、エグランティーヌ様を王族に戻すためだったと聞いたことがある。

一度は勝利したにもかかわらず、残党に家族を暗殺された経験から争い事が苦手な方だと姉上が言っていた。だから、エグランティーヌ様はおそらく年長者のジギスヴァルト王子を王に選ぶだろうと思っている。アナスタージウス王子がエグランティーヌ様に熱を上げているのは周知の事実だが、彼を次期王に選ぶと間違いなく争い事が起こるからだ。姉上はエグランティーヌ様に想いを寄せるアナスタージウス王子の婚約者になるのだろうと諦観《ていかん》した顔で言っていた。

……今度は一体何が起こったのだろうか。

「姉上……？」

私が声をかけると、姉上は唇を引き結んだ硬い表情で盗聴防止の魔術具を差し出した。無言で差し出された経験がなく、私はモヤモヤとした不安感や緊張感を高めながら盗聴防止の魔術具を手に取る。

「エグランティーヌ様のお相手がアナスタージウス王子に決まったそうよ。今日のお茶会で内々にお話がありました」

「アナスタージウス王子？　では、次期王がアナスタージウス王子になるということですか？　姉上の予想が外れるなど珍し……」

「いいえ、次期王はジギスヴァルト王子だそうです。アナスタージウス王子はエグランティーヌ様に王座のためではない、本気の愛を証明するために王座を辞退したのですって」

「……は？」

意味がわからない。最も色濃く王族の血を引くエグランティーヌ様に世継ぎを産んでもらうことが次世代の安定に繋がるのではなかったのか。そのために姉上は婚約が決まっていても相手は決まっていないという中途半端な立場に置かれていたのではなかったのか。

「ジギスヴァルト王子が王座に、アナスタージウス王子がエグランティーヌ様に執着した結果なのでしょうね。アナスタージウス王子の想いを無下にしたくないけれど、争いに発展させたくないとエグランティーヌ様が先代を説得したそうです」

ジギスヴァルト王子は王座を、アナスタージウス王子は愛した女性を、エグランティーヌ様は平穏をそれぞれ手に入れるのだ。めでたし、めでたし。

「エグランティーヌ様に想いを寄せるアナスタージウス王子との結婚は気が重いとおっしゃっていたのですから、考えようによっては姉上にとっても良い結果だったのでは？　ジギスヴァルト王子に嫁ぐ姉上が、次期王の第一夫人になるということですから」

「……それほど簡単に考えられれば良いのですけれど……」

そう言う姉上の表情は暗い。普段の勝ち気で前を見据えている姿とは大違いだ。

「ジギスヴァルト王子はナーエラッヒェ様を大事にしていらっしゃいます。王座を手にするためには絶対に必要なエグランティーヌ様ならば熱愛はされなくても尊重されますけれど、わたくしの場合はどうでしょうね？」

「政略結婚ですし、王族が三位のドレヴァンヒェルを無下にすることはないと思いますよ」

エグランティーヌ様は別格だが、姉上が大事にされないということはないだろう。「考えすぎです」と私は声をかける。

「えぇ、きっとわたくしの考えすぎなのでしょう。これからは普通の婚約者として扱ってもらえるはずですから……」

力なく微笑んだ姉上の言葉に、私はようやく気付いた。姉上は今まで普通の婚約者として扱ってもらったことがないのだ。王座を得るため、エグランティーヌ様のお心を射止めるために、二人の王子はエグランティーヌ様には贈り物をしたり求婚したりしていたが、姉上には何もしていない。他の貴族と同列の扱いだった。

姉上はまだ正式な婚約者ではないので、贈り物や挨拶が絶対に必要ではない。だが、エグランティーヌ様の選択を待つしかできない姉上の立場にもう少し気を遣うことはできなかったのだろうか。

「正式に婚約すれば様々なことが変わりますよ」

内心の憤慨は置いておき、私は姉上を励ます。姉上がフフッと力無く笑った後、ハァと面倒くさそうな溜息を吐いた。

「これからは何につけてもエグランティーヌ様と比べられることになるのでしょうね。それも、ただ比べられるだけではなくて、第一位クラッセンブルクの領主候補生で、常に最優秀を取ってきた元王族の姫君の上に立たなければならないなんて……。わたくしが次期王の第一夫人になることはないと思っていたので気が重いです」

次期王の第一夫人がエグランティーヌ様ならば、彼女を立てていればよかった。第一位のクラッセンブルクを立てていた今までと同じだ。だが、姉上が次期王の第一夫人で、エグランティーヌ様が王族の第一夫人になれば立場は逆転する。姉上にかかる重圧は相当なものになるだろう。

「……私もできる限りの協力はしますよ」

自分の将来を見つめて考え込んでいる姉上を見て、自然とそんな言葉が零れた。

「オルトヴィーン様、アドルフィーネ様がお呼びですよ。いつもの会議室だそうです」

「あぁ、エーレンフェストのお茶会から戻ったのか。ずいぶんと早かったな」

私はすぐに立ち上がる。ローゼマイン様が貴族院へ戻ったのは、社交週間がほとんど終わった頃だった。これからいくつものお茶会を開催できるような余裕はない時期に戻ってどうするのかと思えば、全領地から一人だけを招いてお茶会をするという力業で終わらせることにしたらしい。今日はそのお茶会だった。

私も出席したかったが、ドレヴァンヒェルの参加権は姉上に取られた。他の領主候補生達は姉上に食ってかかっていたが、姉上は「王族に嫁ぐわたくしが参加するのが一番領地のためになる」と言い放って参加権を譲ろうとはしなかった。

……ローゼマイン様と個人的に親交を持っているエグランティーヌ様からの紹介は大事だからな。時間がない中、ローゼマイン様がアナスタージウス王子やエグランティーヌ様からの呼び出しには応じたという情報が飛び交っていた。ローゼマイン様がお二人に重用されている理由を知りたくて堪らない者は多い。

「ご機嫌ですね、姉上。帰りはもっと遅いと思っていました」

会議室にいたのは、先日と打って変わって楽しそうな様子の姉上だった。小瓶の中の匂いを嗅《か》いで笑っている。

「お茶会の途中でローゼマイン様が意識を失ったため、お茶会はお開きになったのです」

「は？　え？」

お茶会の途中で意識を失うという状況がよく理解できない。座って話をするだけだ。意識を失うほど大変なことだろうか。

「アウブ・エーレンフェストが貴族院へ戻すことを躊躇するのも無理はないと思えるほどの虚弱さ

でした。エーレンフェストの者達は慣れた様子でローゼマイン様を運び出していたので、領地ではよく見られる光景なのでしょう。騒ぐ客人を宥《なだ》める方が大変そうでしたね。目の前でローゼマイン様に倒れられたハンネローレ様は、お気の毒なくらいに真っ青になっていらっしゃいましたよ」

……それは血の気も引くだろう。

下手したら暗殺未遂を疑われて領地間の問題に一直線だ。「ローゼマインが戻ってこなくても困るし、戻ってきてもおそらく大変なことになると思う」というヴィルフリートの言葉は正しかったことになる。

……私は参加しなくて良かった。

そんな心臓に悪いお茶会を経験したいとは思えない。一連の流れを見ていたくせに「とても興味深いお茶会でした」で済ませられるくらいに図太い姉上とは違って、私は繊細《せんさい》なのだ。

「オルトヴィーンは嫌な顔をしていますけれど、本当に興味深いお茶会だったのですよ。何種類もあるカトルカールも賞味しましたし、リンシャンをいただくこともできました」

姉上が小瓶を私に突き出してフフッと笑った。リンシャンとは髪に艶を出す液で、髪を洗う時にお風呂で使うそうだ。私は小瓶を手に取って中を覗《のぞ》いた。少しとろみのある白っぽい液体が入っていて、フェリジーネの香りがした。

「これも様々な香りの物がありそうですね」

「そのようですよ。エグランティーヌ様に差し上げた物と同じ物を準備したとおっしゃいましたから」

カトルカールといい、リンシャンといい、ローゼマイン様は一種類では我慢できない性格らしい。

複数を比較してみれば、作り方もわかりやすそうだ。そんなことを考えながら私は一滴《いってき》だけ手のひらに垂らし、匂いを嗅いだり指先で伸ばしたりしてみる。リンシャンは油の成分が多いことがわかった。

……石鹸《せっけん》の応用かな？

「これを研究して同じ物を作りなさい、オルトヴィーン」

「は？」

「わたくしが欲しいのです。貴方も興味を持ったようですし、自領で作れるようになると良いと思わなくて？　来年の最優秀に一歩近付いてよ」

否定は許されない物言いだ。顔を上げると、ビシッと姉上が私を指差していた。これは完全に決定事項として命じられている。

「……これと同じ物を作っても貴族院の成績には関係ないか、と……」

「新しい研究課題を与えてあげようという姉の愛です。頼みましたよ」

言いたいことだけ言い終わると、姉上は勝手に退室していく。私の手元に小瓶を残して。

……そのような愛はいらない！　心配して損したではないか！

ハンネローレ視点　エーレンフェストの本

ローゼマイン様がお茶会で倒れられて、お見舞い状を渡したのですが、快気の報告はなく、本当に大丈夫なのか、心配する日が三日ほど続いたところで領地対抗戦になりました。

領地対抗戦は貴族院における最も華やかな行事で、ダンケルフェルガーがもっとも団結し、燃え上がる一日となります。連絡係として最低限の者を残し、領地からほとんどの騎士がやってくることを考えても、いかに熱が籠もっているのか、わかるでしょう。とても暑苦しいのです。

領地対抗戦の朝、わたくしが自室での朝食を終えて、領地対抗戦の準備のために下へ降りますと、転移陣でやってきた騎士達が広い食堂でヴィゼを飲みながら、騎士見習いを激励しているのが見えました。

食堂の中がすでにお酒臭くなっています。わたくしが思わず眉をひそめていると、四十代半ばとは思えない程に若々しい騎士団長がわたくしの姿を見つけて、相好《そうごう》を崩しました。

「おぉ、ハンネローレ様。おはようございます。数日前にフェルディナンド様の愛弟子を打ち倒したと伺いましたぞ」

「ご、誤解ですわ、騎士団長。わたくし、そのようなことは……」

……とんでもないことを騎士団長に伝えたのはお兄様ですね。

わたくしがふるふると首を横に振りながら精一杯否定しているのに、声が全く届いていないのか、騎士団長の甥であるハイスヒッツェも「フェルディナンド様の愛弟子を倒すとは素晴らしい」と言いだしました。その言葉でダンケルフェルガーの騎士達が「ハンネローレ様がフェルディナンド様の愛弟子を倒したぞ」と喜びの声を上げ始めます。とんでもない風評被害です。

「わ、わたくしはローゼマイン様と仲良くしたいと思っただけなのです。ローゼマイン様は……」

お身体が弱い方で、よく倒れられる、とわたくしが口にするよりも先に、わかっています、と言うようにハイスヒッツェが深く頷きました。

「ディッターを通じて強敵も親友となるのです。ハンネローレ様にもご理解いただけて何よりです」

「……そうではございません」

ハイスヒッツェはエーレンフェストの奇策家と同じ学年であったため、ディッターに参加できる三年生以降、全ての学年で負け越した上級騎士で、ずいぶんとフェルディナンド様をライバル視していると聞いています。強敵と書いて、親友と読むそうです。

……あちらには相手にされていないような気がするのは、わたくしだけでしょうか？

「父上、叔父上。フェルディナンド様の愛弟子と名高いローゼマイン様の奇策は、我々を翻弄したのです。そうして勝利しながらローゼマイン様は驕らず、我々の連携を褒め称えました」

「ほぅ、それは興味深い。フェルディナンド様の愛弟子か。今日の領地対抗戦が楽しみだ。どのような奇策だ？」

騎士団長の末息子である上級騎士見習いが熱弁を振るって、ローゼマイン様の奇策について話をすると、騎士達は非常に興味深そうに耳を傾けています。

騎士団長の妻とハイスヒッツェの妻が年の離れた姉妹のため、騎士見習いとハイスヒッツェは叔父と甥の関係でありながら、従兄弟《いとこ》同士という関係なのです。それもこれも、暴走しがちな騎士団の手綱《たづな》を握るためのものなのですが。

わたくしは空で言える程に何度も聞いたローゼマイン様の奇策の話に背を向けて、そっとその場を抜け出します。

……わたくしはローゼマイン様を倒すつもりなど、これっぽっちもなかったのです！

騎士団長もハイスヒッツェも楽しみにしていたようですが、ローゼマイン様は領地対抗戦をお休みされました。昨夜、意識が戻ったけれど、まだ動けるような体調ではないそうです。

……せっかくの最優秀なのに、ご欠席とは、ローゼマイン様も時の女神ドレッファングーアの御加護が少ないのかもしれませんね。

「最優秀にして、希代の奇策家……。ローゼマイン様はレスティラウト様の妻としてちょうど良い年回りではないか？」

「むぅ、確かに」

騎士団長とハイスヒッツェが何やら話し合っているようです。強さや策略家であることを領主の配偶者に求めるダンケルフェルガーの騎士団の考え方は何とかならないものでしょうか。

「父上、叔父上、残念ながら、レスティラウト様もローゼマイン様もお互いを好んでいるようには見えませんでした」

「大丈夫だ。ディッターを通せば、きっと解《わか》り合える。私とフェルディナンド様のように、な」

ハイスヒッツェは敗北の証にダンケルフェルガーのマントを渡したと聞いたことがあります。もしかすると、そのマントの持ち主がフェルディナンド様なのでしょうか。

次の日の卒業式にも欠席されたローゼマイン様でしたが、何とか回復されたようです。お見舞いへのお礼状と共に、エーレンフェストの本を貸してくださいました。

「この本は……」

わたくしは側仕えのコルドゥラから手渡された本を見て、血の気が引くのを感じました。

「……コルドゥラ、もしかして、わたくしがあまり本を好きではないことを、ローゼマイン様はご存じなのではないかしら？」

「姫様、悪く考えすぎでございます。お茶会ではハンネローレ様を本のお好きなお友達と認識していらっしゃいましたから、ご存じないと思われますよ」

「そ、そうかしら？」

このように薄い本を貸してくださるということは、わたくしには分厚い本が読めないと思われているのではないでしょうか。不安です。

「姫様が物事を捉える時は、良い方向に考えた方がよろしいですよ。悪く考えるといつもの悪循環に陥ってしまわれますから。この本もこれだけ薄いのですから、姫様でも最後まで読むことができるでしょうし、よく読み込めば、感想を言い合うのもそれほど難しくはございません」

「そうですね」

コルドゥラに励まされ、わたくしはローゼマイン様が貸してくださった本を手に取りました。表紙のない、中身だけのような本ですが、表面にはまるで本物の花を閉じ込めてあるような不思議な紙が付いています。

「この紙、わたくしが普段使っている紙と違って、ずいぶんと白くて薄いですね。香りも違うような気がするのですけれど……」

「エーレンフェスト紙ではございませんか？　文官見習いがエーレンフェストは新しい紙を持っていると言っていたように記憶しております」

エーレンフェストでは紙も変わっているようです。わたくしはパラリと本を捲りました。

「まぁ！」

「どうなさいました、姫様？」

「この本、言葉が新しいです。とても読みやすいわ」

古くて難解で何を書いているのか理解するのに時間がかかるダンケルフェルガーの本と違って、ローゼマイン様が貸してくださった本は、読書が苦手なわたくしにもするすると読める本でした。内容もわたくしが頼んだ通り、恋物語を中心とした騎士のお話で、ダンケルフェルガーにある騎士のお話とは全く違う、まるで吟遊詩人が語るような心ときめく素敵なお話が並んでいます。そのお話を一層素敵に見せているのは、挿絵《さしえ》です。麗しい騎士が愛する姫のために戦う場面や魔石を捧げて求婚する場面で、綺麗な挿絵が入っています。文字ばかりのダンケルフェルガーの本とは大違いではありませんか。

「このように片手で持てて、本を捲るにも労力がいらず、新しい言葉で書かれていて、簡単に読めて、こんなに楽しいだなんて……ローゼマイン様が本をお好きになるのもわかりますわ。わたくし、エーレンフェストに生まれれば、読書が苦手ではなかったかもしれません」

わたくしはこの本の感想をお手紙に書きました。生まれて初めて、他の本を読んでみたいと思ったのです。エーレンフェストの本ならば、わたくし、いくらでも読める気がいたします。

「姫様が読書を楽しんでいらっしゃるのは大変喜ばしいことですけれど、姫様もエーレンフェストに本をお貸しするお約束をしたのではございませんか？」

コルドゥラに言われて、わたくしはハッと顔を上げました。そうです。わたくしもローゼマイン様に本をお貸ししなければなりません。けれど、わたくしはダンケルフェルガーにどのような本があるのか、自分では全く知らないのです。

「どうしましょう、コルドゥラ。このような本を扱っているエーレンフェストに貸せるような本がダンケルフェルガーにあるかしら？」

「ご家族にお伺いしてみてはいかがでしょう？」

卒業式を終えたダンケルフェルガーですが、まだ両親は寮にいます。明日には領地へと戻る予定なのです。わたくしは「この本のお返しに」と説明できるようにローゼマイン様の本を持って、部屋を出ると、階下へ向かいました。

質実剛健を旨《むね》とするダンケルフェルガーの寮や城はあまり飾り気がなく、どこまでも白い印象がありります。そして、領地の色である青が飾られているので、冬にしか使用しないこの寮はひどく寒々しい印象があります。

「……ダンケルフェルガーももう少し装飾品があればよかったですね。せめて、彫刻のような物があるとか、領地の色が赤であれば、少しは暖かそうに見えるでしょう？」

「彫刻などで建物を装飾するようになった時代より、ずっと以前からこの建物があるのですから仕方がございません。それほどお気になさるならば、姫様が飾ればいかがです？」

他領のお茶会に招かれると、装飾品の華やかさに圧倒されることが多く、他領の装飾を見るのは楽しいのですけれど、わたくしには何をどのように飾れば、品良くまとまるのか、よくわかりません。自室を飾ろうと奮起したことはあるのですけれど、どうにもちぐはぐな印象になって落ち着かず、三日と経たずに元の部屋に戻りました。

「わたくしにはできないと知っているでしょう？　コルドゥラは意地悪ですね」

「挑戦してみるのは悪いことではございません。姫様に読める本が見つかったように、姫様に合う装飾も見つかるかもしれませんよ」


「どうした、ハンネローレ？　今日はずいぶんと機嫌が良いな」

談話室ではお父様とお母様とお兄様が何やらお話をしている姿が見えました。

わたくしの入室に気付いたお父様が手招きしてくれたので、わたくしはそちらへと向かいます。

「お父様、お母様、エーレンフェストのローゼマイン様がわたくしにこの本を貸してくださったのです。とても楽しくて、わたくし、他にもエーレンフェストの本を読んでみたくなりました」

「まぁ、ハンネローレが本を読みたがるなんて、珍しいこと」

「お母様もご覧になってくださいませ。とても素敵な騎士物語ですの」

わたしが本を胸に抱えて、お母様の元へ向かうと、お兄様が嫌そうに顔をしかめました。

「エーレンフェストの騎士物語だと？　もしや奇策に富んだ悪辣な騎士の話ではなかろうな？」

「お兄様、違います。恋物語を中心とした華やかな騎士の物語です」

「恋物語だと？　軟弱《なんじゃく》な……」

フンと鼻で笑ったお兄様には背を向けて、わたくしはお母様に本を見せて差し上げました。わたくしと同じようにお母様も驚いて、ローゼマイン様の本をまじまじと見ています。

「これが本ですの？」

「えぇ、ローゼマイン様が貸してくださったのですから、エーレンフェストの本で間違いないと思います。薄くて軽くて、とても読みやすいのです」

「表紙を取り繕うこともできぬのか、エーレンフェストは？」

お母様がお兄様を止めて、パラパラと本を流し読みしはじめました。

「確かに、これは読みやすいですね。言葉が新しくて、わかりやすく、綺麗な挿絵も入っているではありませんか」

「エーレンフェストは歴史のない新興の領地だから、古い言葉で書かれた本が存在しないのであろう。哀れなことだ」

「レスティラウト、今はハンネローレと話をしているのです。少し静かにしてちょうだい」

お母様がお兄様を制して、ニコリと笑いました。

「良い書字生に写本をお願いしたのでしょうね。手跡も優美ではありませんか。ハンネローレもお手本にすると良いですよ。……それにしても、これはずいぶんと珍しい紙ですわね。手触りが違うように思えるのですけれど」

「エーレンフェスト紙と言って、新しくエーレンフェストで作られ始めた紙のようです。今年、貴族院で使っている文官見習いがいたと聞きました」

お母様が「そうですの」と呟き、何かを考えるように静かに本を見下ろします。

「エーレンフェストの本は新しくて、とても素敵でしょう？　わたくしもローゼマイン様に本をお貸しするとお約束したのです。ダンケルフェルガーに伝わる騎士のお話を読んでみたい、とおっしゃっていらっしゃいましたけれど、ローゼマイン様にどのような本をお貸しすれば良いかしら？」

わたくしがお父様に尋ねると、お兄様がキラリと目を光らせました。

「ならば、あの偽物聖女に本物を見せてやると良い。そのような中身だけのお粗末《そまつ》な本ではなく、正真正銘の本を」

「ふむ、エーレンフェストの領主候補生が騎士の活躍の書かれた本を好むのならば、良い本がある」

「本当ですか、お父様⁉」

ダンケルフェルガーは騎士が強い土地柄なので、騎士物語には事欠かないそうです。領主たるお父様が推薦する本ならば、間違いはないでしょう。

次の日、一足先に領地へ戻られたお父様から転移陣で一冊の大きな本が送られてきました。表紙を捲るのさえ大変な、下手したらローゼマイン様が潰されてしまうのではないかと思うような大きな本です。

「……お父様は何を考えていらっしゃるのでしょう？」

わたくしはダンケルフェルガーの歴史書とも言える、古くて、頑丈な本とローゼマイン様が貸してくださった本を見比べました。コルドゥラが大きな本の上に置かれていた木札を手に取って、目を通します。

「エーレンフェストが新しさで勝負するならば、ダンケルフェルガーは他に真似のできぬ歴史で勝負すれば良い……だそうです」

「わたくし、ローゼマイン様と勝負など望んでいないのですけれど……」

……どうして皆、わたくしとローゼマイン様に勝負をさせたがるのでしょう？　何に関してもわたくしが負けているのは一目でわかるではありませんか。ローゼマイン様は最優秀なのですよ。比べ物にならないのです。

周囲の妙な盛り上がりにガックリと肩を落としつつ、わたくしはローゼマイン様に本を運んでもらうことにしました。

ところが、間の悪いことに、すでにエーレンフェストでは帰還が終わっていて、寮の扉は完全に閉ざされていたそうです。寮に残る番人に頼んで、本をエーレンフェストに送ってもらうかどうか、と文官達に問われ、わたくしは力なく首を横に振りました。高価で貴重な本は、番人に預けるのではなく、本人に直接お渡ししなければなりません。

「この本をお貸しするのは、来年の貴族院でも良いのではございませんか？　体調を崩したのはローゼマイン様ですから、本が届かなかったからといって姫様が非難されることはないでしょう」

「そうですね」

「そうお気を落としにならないでくださいませ。少しだけ間が悪かったのです、姫様」

コルドゥラの慰めに、わたくしは溜息を吐きました。

……わたくしも本をお貸しするとお話いたしましたのに、もう帰られてしまったなんて。わたくしの間の悪さは相変わらずですね。

わたくしはコルドゥラに頼んで、貴重品を入れておく鍵のついた大きな木箱に本と手紙を入れてもらいました。


来年、ローゼマイン様にお貸ししようと貴重品箱に入れておいた本と手紙を、領主会議に向かう前に探し物をしていたお父様が見つけて、勝手にエーレンフェストに貸してしまうとは、わたくし、夢にも思っていなかったのです。

ソランジュ視点

閉架書庫と古い日誌

卒業式が終わって数日が経ちました。学生達がそれぞれの領地に帰還したことで、貴族院全体が閑散とした状態になっていて、図書館を訪れる者もほとんどいなくなりました。けれど、仕事がなくなったわけではありません。朝食を終えると、わたくしはシュバルツとヴァイスを連れて執務室へ入り、数々の魔術具を動かしていきます。ぴょこぴょこと動くシュバルツとヴァイスの耳を見ているだけで、表情が和《やわ》らいでいくことが自分でもわかりました。

「ローゼマイン様のおかげで本当に今年の貴族院は楽しかったこと」

図書館を愛するエーレンフェストの領主候補生が出入りしたことで、わたくしの貴族院生活は大きく変わりました。ずっと動きを止めていたシュバルツとヴァイスが再び動くようになり、執務室でお茶会が開かれて……。

「メスティオノーラに捧げる曲を最初に聴くこともできましたものね」

王族に直接図書館の実情を訴えても、上級司書を増やしてもらうことはできませんでした。それは残念ですけれど、わたくしが直接お願いできただけでも大きな変化です。

「ソランジュ、どのおしごと?」

「きのうのつづき?」

ローゼマイン様が魔力をたっぷりと含んだ魔石を用意してくださったので、わたくしは二人と次の冬まで一緒にいられます。シュバルツとヴァイスに笑って頷きながら、わたくしは閲覧室へ続く扉を開きました。

閲覧室の本棚には本がきっちりと並んでいます。例年ならば戻っていない資料の多さに溜息を吐き、わかる範囲でそれぞれの寮監へ苦情を申し立てて、寮監伝いに返却してもらっていました。ガランとした本棚を見つめながら孤独に作業をしていた去年とは大違いです。

……本棚に多くの資料が戻ってきたのは、フェルディナンド様のおかげですね。

シュバルツとヴァイスが再び稼働し、主としてローゼマイン様が資料の無返却者の名を一覧表にしてくださり、フェルディナンド様が督促《とくそく》のオルドナンツを送ってくださいました。そのおかげで、一時的に図書館が混乱状態になるくらいの大勢の学生が本を抱えて図書館に駆け込んできました。けれど、ローゼマイン様が嬉々としてお手伝いに名乗り出てくださった途端、学生達は一気に静かになったのです。本の延滞や無断持ち出しをしていた学生達はこれ以上アウブに叱られることをするわけにはいかないのでしょう。各領地のアウブと話をすることもある領主候補生という立場は、非常に強いのです。

わたくしは今シュバルツとヴァイスと一緒に本が本棚の正しい位置に戻っているかどうか、足りない本がないか丁寧に確認しています。去年までに比べると、書誌情報を持っている二人がいるため何十倍も速く確認が終わります。

「いっかい、おわり」

「ソランジュ、つぎはにかい？」

「二階の整理は秋にするのですよ」

学生達がいなくなると、先生方は自分の研究に没頭できるようになります。ちょうど今くらいの時期から二階の資料を必要とする先生方の出入りが増えるのです。そのため、二階の資料は貴族院が始まる前、秋に整理することにしています。

「二人はキャレルの掃除をお願いします。それが終わったら閉架書庫の確認を行いましょうか。……何年ぶりでしょうね？」

今までは手が回らなかったところにも手が付けられるのは嬉しいものです。わたくしが執務室へ鍵を取りに行って戻った時、ギィッと音を立てて閲覧室の扉が開きました。

「ソランジュ、探してほしい資料があるのですけれど」

「まぁ、フラウレルム先生ではありませんか。ごきげんよう。このような時期にいらっしゃるなんて珍しいですね。どのような資料をお探しですの？」

フラウレルムは文官コースの教師で、情報の収集と分類などを教えています。図書館と親和性は高いといえるでしょう。けれど、今まで彼女から資料探しを頼まれたことはありません。

「閉架書庫へ案内してくださいませ。わたくしの前任者であるクレーメンスの講義内容について詳しく知りたいのです」

「あら、以前は必要ないとおっしゃいませんでしたか？」

先生が替わると、講義の内容ががらりと変わることも珍しくありません。講義内容が変更される時は必ず以前の資料を閉架書庫に片付け、引き継がれる時は閲覧室に資料を残します。フラウレルムが就任した時にどうするのか尋ねた時は、新しい内容を教えるのでクレーメンスの資料を片付けるように言われたはずです。

「わたくしも貴族院での講義に慣れてきましたからね。クレーメンスが作製した昔の資料の中に良い部分があれば、自分の講義に取り入れていきたいと考えたのです――

「それはとても素敵な考えですね。自領へ戻ると、本を手にすることに苦労する者も多いですし、成人すれば毎日の仕事に追われて新しいことを勉強することが難しくなりますもの」

「えぇ。せっかくの講義ですもの。学生達は初日の試験で全てを終えるのではなく、できるだけ多くを学んでもらい、より多くの知識を得てほしいと思っています」

フラウレルムはキィンと高い声で熱を込めてそう語りました。貴族院にいる間にできるだけ多くの知識を得てほしいという考えにはわたくしも心から賛同します。政変前には講義で教えられていた内容は、年嵩の者にとって「知っていて当然のこと」になります。そのため、政変の粛清の前後で若者との間に前提知識に差ができ、仕事上で差し支えることもあると聞きました。

「フラウレルム先生の熱心な姿勢には感嘆してしまいます。けれど、彼《か》の資料が収められている第三閉架書庫は基本的に司書しか入れないことになっているのです。申し訳ございませんが、こちらの閲覧室でお待ちくださいませ。すぐに資料をお持ちします。シュバルツ、ヴァイス。第三閉架書庫へ行きますよ」

わたくしはフラウレルムを残して閲覧室を一度出ました。そして、執務室と反対側に向かって回廊を進み始めました。

貴族院の図書館には閉架書庫が大きく分けて三つあります。

第一閉架書庫は図書館ではなく中央棟にあり、領主候補生コースの先生が王族から託された鍵を持っている書庫です。講義に使う教材や資料が収められています。領主候補生以外の人目には触れさせない方が良い魔術具などもあるようで、中級貴族であるわたくしは入ったことがございません。ただ、合鍵を管理しているだけです。

　第二閉架書庫は図書館の一階閲覧室に扉があります。古くなった資料が置かれている場所で、最近利用したのはエーレンフェストの学生です。領地対抗戦の古い資料がほしいという要望に応え、この書庫から資料を持ち出しました。こちらは司書が同行すれば学生も立ち入りが可能です。この書庫の奥には上級司書でなければ入れない書庫もあり、過去には王族も利用していた記録があります。

　……そして、第三閉架書庫は……。

　ホールの突き当たりの壁にシュツェーリアが刻み込まれているのを見つめ、わたくしはシュツェーリアの盾の中央の魔石部分を開けました。すると、鍵穴が出てきます。そこに鍵を差し込んでゆっくりと回せば、扉が出現して出入りが可能になります。

　けれど、入った場所にあるのはただ白いだけの空間です。実は、転移陣が存在するのですが、それを動かすことができるのは、シュバルツとヴァイスだけなのです。去年まではここの資料を求められた時、「シュバルツとヴァイスを動かすように王族に掛け合ってほしい」と言ってきました。けれど、王族から怒りを買う可能性があるため、誰も掛け合ってはくれませんでした。

「ソランジュ、いのる」

「英知の女神メスティオノーラよ　ユルゲンシュミットにおける全ての知識を求める我が主よ　わたくしは知識を捧げる者にして知識の番人　シュツェーリアの守る知識に触れる許可を」

わたくしが司書になった時に与えられた腕輪が光りました。同時に、シュバルツとヴァイスの額の魔石が光を放ち、わたくしの頭より高い位置に魔法陣が浮かび上がります。光る魔法陣がゆっくりと降りてきて、床についた時にはもうわたくしは書庫にいました。

「……ここに入るのは何年ぶりでしょうね？」

第三閉架書庫は政治的な罪人として処刑された者達の遺《のこ》した研究成果や資料が収められた書庫で、時が移って当時の資料が必要とされる時まで、ただ保存しておくための場所です。非常に古くて珍しい資料が多く収められていますが、外に出しても権力によって奪われたり、消失したりしない世相になったと司書が判断できるようになるまで出せないことになっています。

「シュバルツ、ヴァイス。クレーメンスの資料を探してくださいませ。学生達が作製した講義の参考書で構いません。当人の資料はまだ出せませんから」

シュバルツとヴァイスが参考書を探している間、わたくしはこの書庫にある保存の魔術具が作動しているか確認します。

……閲覧室にある保存の魔術具は魔力節約で止められても、ここは……。

わたくしの脳裏に前任の上級司書達の悲痛な声が蘇《よみがえ》ります。

「頼む、ソランジュ。ここに知識の番人は其方しか残らぬ！」

「どこまで処刑されるかわからない。クラッセンブルク出身の其方が害されることはないだろう。できるだけ多くの資料と知識の保存を……」

「大した罪もなく処刑される者達が生きた痕跡《こんせき》と、彼等の知識を未来に繋げてほしい」

あれは政変で第五王子が勝利し、王として即位した後のことです。第四王子に味方していた最大勢力のベルケシュトックは結果に納得できなかったようで、王の命を狙おうとしたそうです。それは、今の王に大それた処罰はできまいと高をくくった行動でした。第五王子がいなくなれば、白の塔に囚《とら》われている第四王子以外に王座に就ける直系の王族がいなくなります。それが目的だったのでしょう。

けれど、それは第三王子が勝利した直後に暗殺された時と同じような状況で、クラッセンブルクを激怒させました。第五王子に味方した領地も今後のためにも甘い対応をしてはならないと躍起《やっき》になったのです。囚われていただけの第四王子は処刑されることに決まり、ユルゲンシュミットを混乱に陥れたのはベルケシュトックを始めとする負け組領地だと厳しい粛清が勝ち組領地によって計画されました。

王が「やり過ぎではないか」と何度か声を上げたそうですが、「狙われているのは貴方の命です」と周囲は聞き入れませんでした。けれど、王も生まれたばかりの姫君の命を盾に王座を第四王子に譲るように脅迫してくる者達が出たところで考えを改めたそうです。

普通ならば連座で処罰を受けるにしても罰金刑などで済まされる者達にも処刑が適用されることになりました。あの時は恐ろしい時期でした。殺伐とした世論が常識のように語られ、「穏便に」「やり過ぎでは」と声を上げた者はベルケシュトックとの関係を疑われるような空気だったのです。

ベルケシュトックの上層部はもちろん、第四王子に与《くみ》した領地の領主夫妻や次期領主達が次々と処刑されていきました。そして、それは就職や婚姻によって他領の貴族となっていたベルケシュトック出身者にも襲いかかったのです。政変においてベルケシュトックに融通を利かせたり、情報を流したりしていたことが罪とされるようになりました。貴族院の上級司書達の処刑理由は、ベルケシュトックの者達に重要な情報が載った資料を貸したことだそうです。

……王宮図書館にある建築関係の古い資料を貸し出したのは、貴族院の図書館の司書ではなかったかもしれないというのに……。

処刑が決まった時、司書達は一切抵抗しませんでした。ただ、部屋の片付けなどを行うため、業務の引き継ぎをするために数日間の猶予《ゆうよ》が欲しいと望んだだけです。

「生まれた場所が悪かっただけで、彼等の研究成果が消されることは避けなければならない。できる限り多くの資料を第三閉架書庫に……」

彼等は涙を流すこともなく淡々と処刑が決まった先生方の研究成果やベルケシュトックに関する資料を第三閉架書庫へ入れていき、シュバルツとヴァイスをわたくしに遺すためにありったけの回復薬を飲みながら命が尽きそうになる限界まで魔力を込めていました。

「我等は知識の番人。ユルゲンシュミットで生まれた知識をメスティオノーラに奉納する者。後は頼んだぞ、ソランジュ」

思い出しながら歩を進めれば、古い日誌が並んでいるところが目に留まりました。処刑された司書達によって書かれていたので、念のためにここに収納された古い日誌です。懐かしさを覚え、わたくしはそっと一冊を手に取りました。

「ソランジュ。それも？」

「フラウレルムにかしだす？」

「いいえ、これはわたくしが読む分です。司書の日誌ですから……」

わたくしは昔の日誌を抱えたまま第三閉架書庫を出ました。鍵を閉めると、閲覧室へ入らずに真っ直ぐ執務室へ向かい、鍵を片付けて古い日誌を執務机に置きました。懐かしい時間が戻ってきたような気分に、ほろ苦い笑みがこみ上げてきます。

「ソランジュ、えつらんしついく」

「ほん、かしだす」

シュバルツとヴァイスに促され、わたくしは閲覧室へ入ると、第三閉架書庫から持ってきた参考書をフラウレルムに渡しました。「ずいぶんと少ないのですね」とフラウレルムは不満そうに唇の端を下げながら、参考書をパラパラと捲っていきます。

「んまぁ！　これは学生が書いた講義の参考書ではありませんか。ソランジュ、わたくしはクレーメンスが遺した資料を読みたいと思っているのです」

「残念ですけれど、これ以上出せません。彼は政治的な罪で処刑された者ですから……」

「あぁ、資料が残っていないのですね。ならば、仕方ありません。こちらをお借りします」

フラウレルムが参考書をシュバルツに渡し、貸し出し手続きをしているのを見ながら、わたくしはそっと胸を撫で下ろしました。

シュバルツとヴァイスに「キャレルの掃除が終わったら、今日の仕事は終わりです」と告げて、わたくしは執務室へ戻ります。執務机に座って少し震える指先で古い日誌の表紙を捲りました。見覚えのある字が並んでいます。それを視線でなぞっていくだけで、懐かしい記憶が次から次へと思い浮かんできました。

「ほら、早く準備をしなければ。王族がいらっしゃるぞ」

「ひめさま、かぎあける」

「領主会議が終われば中央へ戻れる。もう少しだ」

「ひめさま、おしごとおわり」

昔は領主会議が終わると、貴族院の図書館を閉鎖して王宮図書館へ皆で移動したものです。今は貴族院が閉鎖されている間にこなさなければならない仕事が多すぎて、わたくしには王宮図書館へ赴く時間もありません。手紙でのやりとりですが、王宮図書館も人手が足りないと聞いています。数年に一度しか会えないあちらの司書達は元気でしょうか。

とりとめのないことを考えながら日誌を捲っていましたが、不意に記述が途切れました。最後のページは彼等が処刑場へ移動する前日です。本当に最後の最後まで淡々と業務内容が書かれていました。これを読んだだけでは彼等が処刑されたとは思えないでしょう。

「ソランジュ、其方は生きてここを守ってくれ。おそらく今までよりずっと厳しい仕事になるだろう」

「新しい司書が来たら歓迎してやってくれ」

「あぁ、そうだ。我等は知識の番人。出身地に意味はない。重要なことは人類の英知に敬意を払えるかどうか、それだけだ」

わたくしは彼等から図書館やシュバルツとヴァイスを託されましたが、一人ではとても守り切れませんでした。シュバルツとヴァイスは魔力が尽きて動かなくなり、図書館で稼働している魔術具も減らさざるを得なくなり、持ち出された資料を取り返すことも容易ではなくなっていたのです。

……でも、今はまた……。

またシュバルツとヴァイスと一緒に働くことができるようになりました。ローゼマイン様がメスティオノーラにお祈りした祝福の光で動き出したのです。あの光とシュバルツとヴァイスが動き出した光景を見れば、彼等はどれほど感動したでしょうか。

「ねぇ、皆様。わたくしは元気ですよ。……まだ生きていますが、皆様の代わりの司書はまだやってきません」

古い日誌に呼びかけても、もちろん答えはありません。

「ソランジュ、おわった」

「きょうはおわり」

シュバルツとヴァイスがキャレルの掃除を終えて執務室に戻ってきました。わたくしは日誌を閉じて二人を出迎えます。シュバルツとヴァイスが古い日誌を見て首を傾げました。

「ひめさま、よむ?」

「ひめさま、かく?」

二人にとって日誌は司書が書き込む物なので、主であるローゼマイン様に書かせるために渡すと判断したようです。わたくしはクスクスと笑いながら首を横に振りました。

「読んでいただきたいと思っただけですよ。来年、図書館のお茶会が開催されればお貸しするのはどうでしょう? 司書になりたいとおっしゃったローゼマイン様ならば彼等の日常を楽しんで読んでくださると思うのですけれど……」

少しでも構わないので楽しんでくれる者と彼等の思い出を共有したい。そんな気持ちが湧き上がって出てきたわたくしの独り言に、シュバルツとヴァイスが飛び跳ねます。

「ひめさま、ほんすき」

「ひめさま、うれしい」

二人の賛同を得られたので、日誌をお貸しすることに決めました。鍵の掛かる引き出しに日誌を入れ、代わりにローゼマイン様の魔力が籠もった魔石を取り出します。

「シュバルツ、ヴァイス。魔力供給をいたしましょう」

……この穏やかな日常ができるだけ長く続きますように。

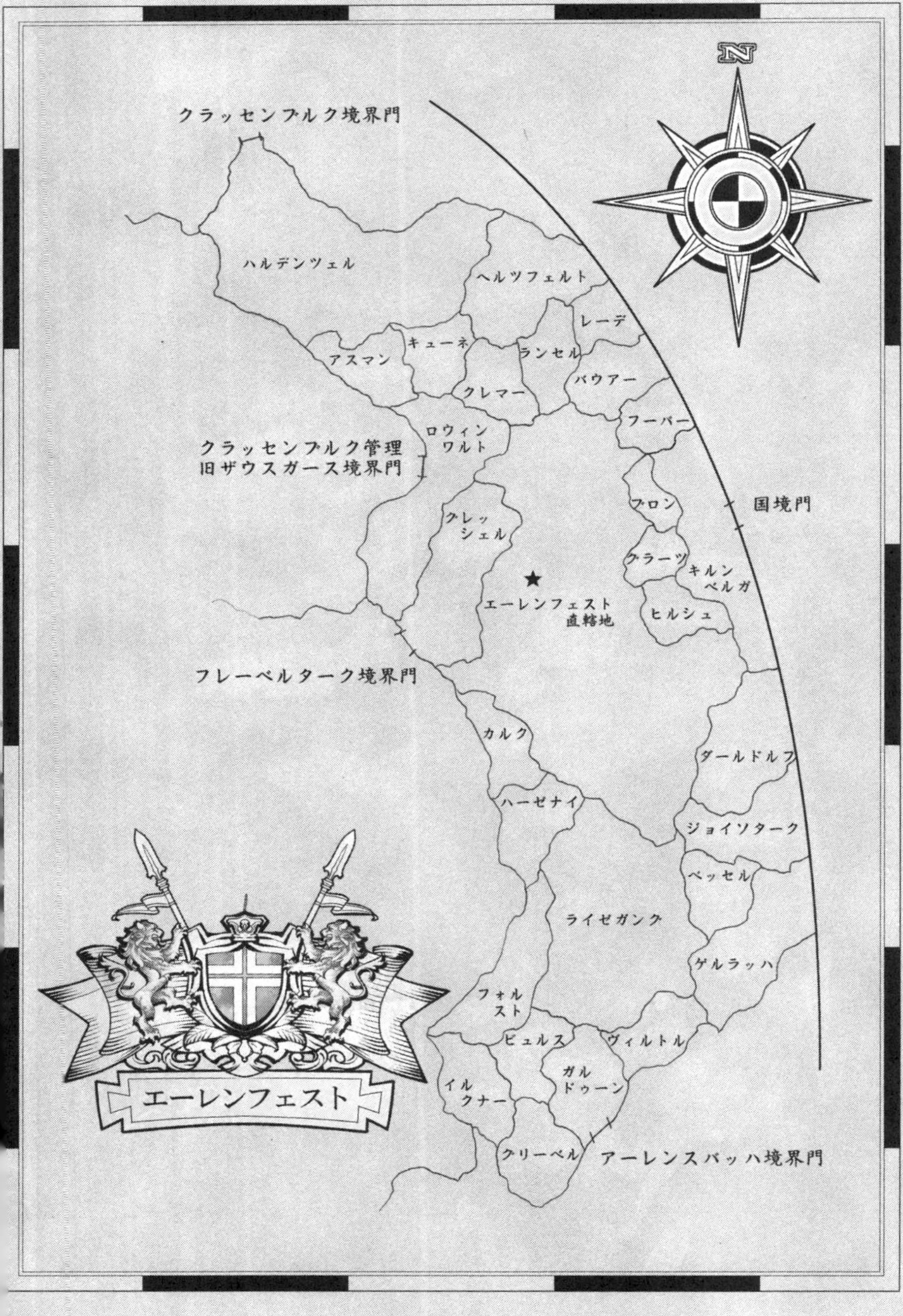

N
クラッセンブルク境界門
ハルデンツェル
ヘルツフェルト
レーデ
キューネ
アスマン
ランセル
バウアー
クレマー
フーバー
ロウィン
ワルト
クラッセンブルク管理
旧ザウスガース境界門
国境門
ブロン
クレッ
シェル
クラーツ
キルン
ベルガ
エーレンフェスト
直轄地
ヒルシュ
フレーベルターク境界門
カルク
ダールドルフ
ハーゼナイ
ジョイソターク
ベッセル
ライゼガング
ゲルラッハ
フォル
スト
ビュルス
ヴィルトル
ガル
ドゥーン
イル
クナー
クリーベル
アーレンスバッハ境界門
エーレンフェスト

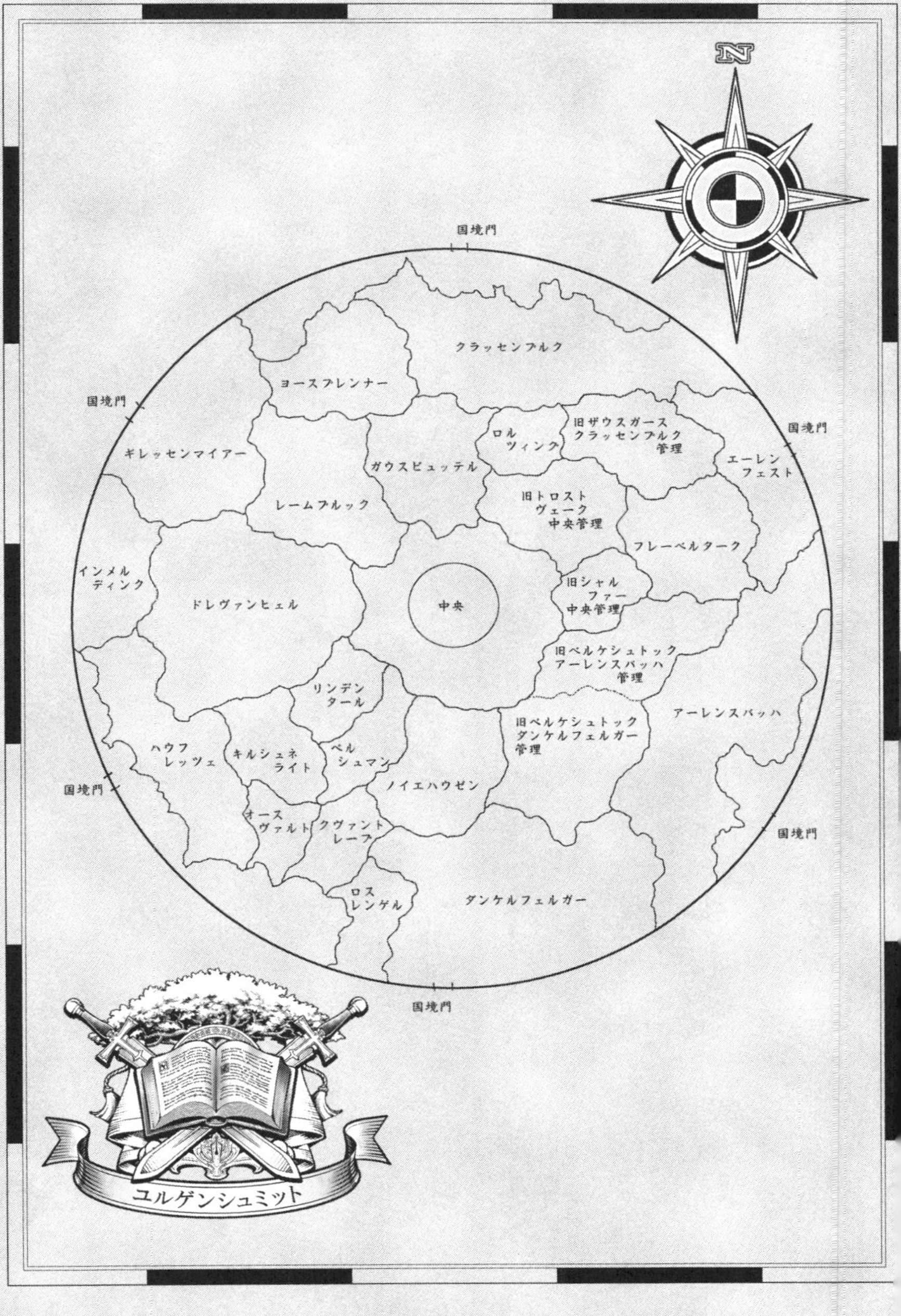
N
国境門
クラッセンブルク
ヨースブレンナー
国境門
ギレッセンマイアー
ガウスビュッテル
ロル
ツィンク
旧ザウスガース
クラッセンブルク
管理
国境門
エーレン
フェスト
レームブルック
旧トロスト
ヴェーク
中央管理
フレーベルターク
インメル
ディンク
ドレヴァンヒェル
中央
旧シャル
ファー
中央管理
旧ベルケシュトック
アーレンスバッハ
管理
リンデン
タール
旧ベルケシュトック
ダンケルフェルガー
管理
アーレンスバッハ
ハウフ
レッツェ
キルシュネ
ライト
ベル
シュマン
国境門
ノイエハウゼン
オース
ヴァルト
クヴァント
レーブ
国境門
ロス
レンゲル
ダンケルフェルガー
国境門
ユルゲンシュミット

あとがき

お久しぶりですね、香月美夜です。

この度は『本好きの下剋上　～司書になるためには手段を選んでいられません～　貴族院外伝　一年生』をお手に取っていただき、ありがとうございます。


四カ月連続刊行の第二弾は、『本好きの下剋上』初めての番外編の短編集です。この短編集ではローゼマイン以外の視点で貴族院一年生の期間を描いてみました。

あれは第四部Ⅲの本編を書き終わった三月半ばのこと。「小説家になろう」のSS置き場にあるハンネローレの短編を第四部Ⅲに入れたいと思ったことが発端でした。文字数が多すぎて、とても書籍には収録できません。

本編に入れられないなら、外伝にしちゃえばいいじゃない。

そんなノリで、『貴族院外伝　一年生』の出版は決まりました。決まったのは良いのですが、一冊の本にするためには、かなりたくさんの書き下ろしが必要になり、大変なことになったのです。第四部Ⅰ、Ⅱ、Ⅲの短編リクエスト募集時にいただいた中から書籍の短編にならなかったリクエストから選びました。

十八本中、十本が書き下ろし。元々ＳＳ置き場に掲載されていた短編も大幅に加筆しているものがあります。初めて書くキャラが多かったり、掲載順を考えてハンネローレ視点を二つに分けたりして非常に苦労しました。我ながら頑張ったと思います。私、すごい。

私よりもっと大変だったのは、椎名優様でしょう。外伝ということで、本編には出てこないキャラをたくさんデザインしてくださいました。なんとローデリヒ、ルーフェン、クラリッサ、コルドゥラ（本作では未収録ですがラフデザインがあります）、オルトヴィーン、アドルフィーネの六人です。そして、今回の表紙は一年生の領主候補生の四人。ハンネローレやオルトヴィーンの髪の色に合わせているのか、今までにはない色合いですごく華やかな雰囲気です。カラーイラストは表紙に出ていない語り手達がずらりと勢揃い。いつも通り可愛い四コマ漫画も必見ですよ。椎名優様、ありがとうございます。

最後に、この本をお手に取ってくださった皆様に最上級の感謝を捧げます。

十一月には『ふぁんぶっく3』がＴＯブックスのオンラインストア限定で、十二月には『第四部Ⅴ』が発売されます。そちらでまたお会いいたしましょう。

二〇一八年八月　香月美夜

毎度おなじみ
巻末おまけ
ゆるっとふわっと日常 貴族院
作：しいなゆう
天性の間の悪さ
え？
もう本番ですか!?
あわ あわ
ちょっ
まだ準備が……
ガチャ
ガチャ
私は工房の仕事で誰にも負けないよう努力しています
ペカー
光り輝いてます
もちろんだ
今の私があるのはローゼマイン様のお力添えのおかげ
私の出来うる限りの努力をするのは当然だ
主のために努力を怠らないギルはとてもまぶしいです
しょぼん
ダームエルもやはりそうなのでしょうか
てくてく
アンゲリカ
なんだそれは
ダームエルを見るのが辛いです
（まぶしくて）
何故!?

餌付け

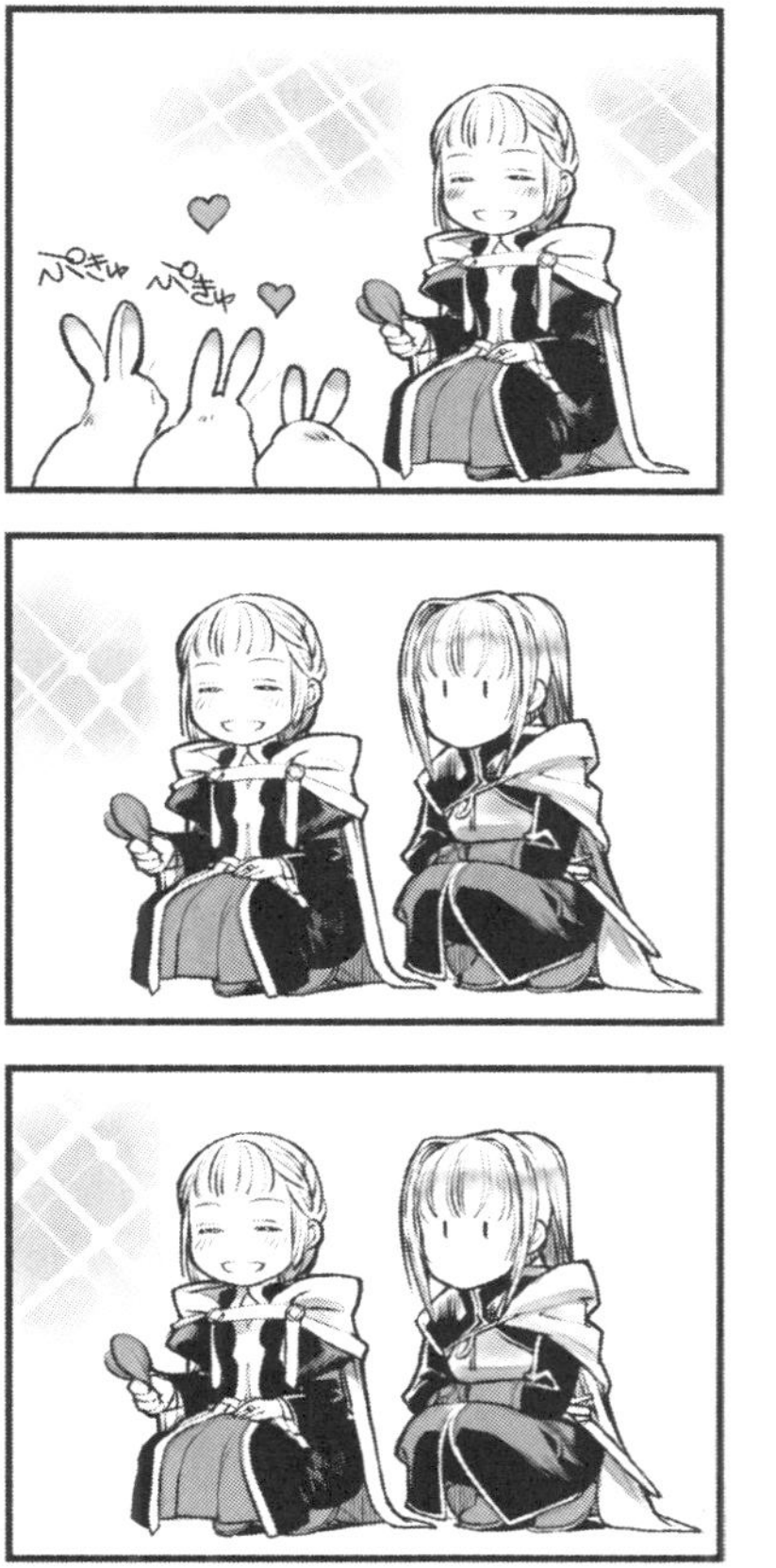

ローゼマイン信仰

本好きの下剋上
司書になるためには手段を選んでいられません
貴族院外伝　一年生
好評発売中!
貴族院の面々が大活躍!
【収録短編】★は書き下ろし
★ソランジュ視点　プロローグ
★コルネリウス視点　護衛騎士として、兄として
ローデリヒ視点　貴族院のとある一日
ハンネローレ視点　独り言が起こしたディッター
★ルーフェン視点　素晴らしきディッター
ヴィルフリート視点　優雅でいられない貴族院生活
ハンネローレ視点　間が悪いのです
★ヴィルフリート視点　女のお茶会
★アンゲリカ視点　神殿の護衛騎士
★ユーディット視点　置いてきぼりの護衛騎士
ハルトムート視点　ダンケルフェルガーの女
★ヴィルフリート視点　男の社交
★トラウゴット視点　予想以上にひどい罰
ヴィルフリート視点　叔父上の側近
ハンネローレ視点　エーレンフェストのお茶会
★オルトヴィーン視点　ドレヴァンヒェルの姉弟
ハンネローレ視点　エーレンフェストの本
★ソランジュ視点　閉架書庫と古い日誌
新学期が始まる前に!
シリーズ初の外伝「短編集」!!
書き下ろし短編10編を含む18編収録!!
二年生へ!!
結婚式に、入寮、染色コンペ
進級式、親睦会と
イベント尽くし!
新一年生もやってくる!

早く印刷工場を
増やして
ローゼマイン図書館を
作りたい！
2018年
12月10日
発売予定！
本好きの下剋上
司書になるためには
手段を選んでいられません
第四部 貴族院の自称図書委員V
香月美夜
miya kazuki
まったく、君は現実味がない
さあ、
詳しくは「本好きの下剋上」公式HPへ！
http://www.tobooks.jp/booklove

ついに5周年！
応援をありがとう！
TOブックス・オンラインストア
限定企画が
続々誕生！
詳しくは
「本好きの下剋上」
公式HPへ！
http://
www.tobooks.jp
/booklove

本好きの下剋上
ふぁんぶっく

本好きの下剋上
ふぁんぶっく2

コミカライズ
新章へ
突入！
第三部
「領地に本を広げよう！」
大好評連載中!!
漫画：波野涼

漫画：鈴華
第二部
「本のためなら巫女になる！」
大好評連載中！
第7巻
好評発売中！
第一部
「本がないなら作ればいい！」
COMIC コロナ CORONA
TOcomics
TOブックスが贈るWEBコミック
ニコニコ静画、pixivコミックにて好評連載中！
ニコニコ静画 seiga.nicovideo.jp/manga/official/tocomics
pixivコミック comic.pixiv.net/magazines/198

本好きの下剋上
～司書になるためには手段を選んでいられません～
貴族院外伝　一年生

2018年11月 1日　第 1刷発行
2022年 8月20日　第10刷発行

著　者　香月美夜

発行者　本田武市

発行所　TOブックス
〒150-0002
東京都渋谷区渋谷三丁目1番1号　PMO渋谷Ⅱ　11階
TEL 0120-933-772（営業フリーダイヤル）
FAX 050-3156-0508

印刷・製本　中央精版印刷株式会社

ISBN978-4-86472-732-7